sonata 奏鳴曲

愁堂れな

幻冬舎ルチル文庫

CONTENTS ✦目次✦

✦カバーデザイン＝清水香苗（CoCo.Design）
✦ブックデザイン＝まるか工房

イラスト・水名瀬雅良✦

sonata 奏鳴曲

1

『……姫宮《ひめみや》は俺が昔、付き合っていた男だ』

頭の中を桐生《きりゅう》の言葉が巡っている。

今、彼は、僕の隣で寝息を立てていた。いつもなら行為のあと僕は疲れてすぐ眠り込んでしまうので、彼の寝息を聞くことはないのだが、今日は受けた衝撃が大きすぎて、身体《からだ》はこうも疲れているのに少しも睡魔が襲ってこないのだった。

桐生の寝息は規則正しい。だが彼の眠りが常に浅いことはよく知っているので、少しでも動くときっと目を覚ましてしまうとわかるだけに、ベッドサイドの明かりに照らされているであろう彼の端整な寝顔を見るのを僕はずっと我慢していた。

財閥系の総合商社に同期として入社したのが、僕と桐生との出会いだった。同じ本部に配属されていたし、独身寮も同じだったが、実際関わりをもったのは三年目になってからだ。

強姦から始まった彼との仲は、紆余曲折を経た今、『恋人同士』といえる関係になっている。桐生の勤め先が変わり、僕もまた、名古屋転勤となった今も、二人が『恋人』であることに変わりはないはずだった。

名古屋に転勤になってすぐ、僕は『男の愛人をしているので高級マンションに住んでいる』という謂《い》われのない中傷に晒《さら》されることとなった。

名古屋支店の全員にそんな中傷メールをばらまかれた、そのメールの送り主が実は、僕が信頼を寄せていた直属の上司の姫宮課長であり、課長がそんなことをするに至った原因が、かつて桐生と付き合っていて『あまりいい別れ方をしなかった』ためだと知らされた僕は、やはり衝撃を覚えた。

『全部、説明する』

桐生は僕にそう言ってくれたが、僕はそんな桐生に対し、話さなくていい、と告げてしまったのだった。

何もかも、包み隠さず話す、と言っていた桐生は、僕が『必要ない』といったことに戸惑いを覚えていたようだ。

『なぜ？』

理由を問うてきた彼に僕は、咄嗟《とっさ》に頭に浮かんだ言葉を答えていた。

『もう終わったことだから。桐生のこと、信じてるし』

『そうか』

適当としかいいようのない答えだったが、桐生は納得してくれたのか、それ以上語ろうとはしなかった。

そのあと僕たちは一緒に近所のレストランで食事をとり、家に帰ってからは桐生に誘われ、共に風呂に入ってからベッドインした。

バスルームで一度、ベッドでは二度、彼に求められた。いつも以上に濃厚な行為をしかけられ、最後は意識を飛ばしかけたが、普段なら当然そのあと熟睡するはずなのに眠ることができずにいる。

桐生と姫宮課長が付き合っていた——眠れない理由はやはり、それだった。

僕にだって、桐生に出会う前、付き合っていた彼女はいた。桐生にいたっては、セフレも入れたら数え切れないくらいいるだろう。

そのいちいちを気にするつもりはない。過去の恋愛は僕にとっても既に終わったものであるように、桐生にとっても『終わっている』関係だろうと思うからだが、それが同性となると——そして、絶世の美貌の持ち主となると、話は違ってきた。

姫宮課長は、課長職にはあるが、まだ二十八歳。桐生とは一歳しか違わない。

そして、アイスドールのようなあの美貌——あんな綺麗《きれい》な人を僕は今まで生きてきて見たことがなかった。

桐生は彼と何がきっかけで付き合い始めたのか。期間はいつからいつまでなのか。別れた理由はなんだったのか。

『あまりいい別れ方をしなかった』と桐生は言っていたが、桐生が手酷《てひど》く振ったのだろうか。

「…………」

溜《た》め息《いき》が込み上げてきたが、大きく息を吐くと桐生が目覚めそうだったので飲み下し、天井を見上げる。

こんなに気になるのなら、桐生が説明すると言ったのを断らなければよかった。

今更の後悔が僕を襲う。

もし聞いたとしたら、今以上に辛《つら》い思いに苛《さいな》まれ、眠れぬ夜を過ごしていたかもしれない。その可能性が大きいとわかっていたからこそ、聞かない選択をしたのだ。

自分で選んだことなのに、こうして愚図愚図と思い悩んでいるのが情けなかった。明日にはもう、気持ちを切り替え、桐生と過ごす週末をめいっぱい楽しもう。

来月、桐生は三週間もの長い間、米国に出張する予定が入っている。共に過ごせる貴重な休日を大事にしよう、と僕は自分に言い聞かせると、いい加減に眠ろうと目を閉じた。


翌朝、僕が目を覚ましたとき、横に桐生はいなかった。結局あのあとも少しも眠れず、あれこれと考えても仕方のないことを考えてしまったせいで、眠りに落ちたのは空が白々としてきた頃になってしまったのだ。

枕元の時計を見ると、針は午前九時を指していた。寝坊するにもほどがある、と反省し、起き出してベッドの下に落ちていた下着を拾い身につけていたとき、寝室のドアが開いて桐生が顔を出した。

「やっと起きたか。奥様」

「……まだ『奥様』ブームは去らないのか」

いい加減、飽きてほしいんだけど、と彼を見ると、桐生はパチ、とウインクし、またも『奥様』を口にした。

「奥様、朝食の支度が調《ととの》ったぞ」

「あ、ごめん」

桐生に作らせてしまった、と慌てて立ち上がった僕に桐生は、

「さめないうちに来いよ」

と笑ってドアを閉めた。

慌ててその辺に落ちていたシャツを羽織り、リビングダイニングへと向かう。何をやらせても器用な桐生は料理も得意で、高級ホテルの朝食といっても過言ではないメニューがテーブルの上には並んでいた。

「ほら」

僕が席についたのを見て、桐生がトーストを皿に載せ手渡してくれる。

「至れり尽くせりで……」

申し訳ない、と頭を下げると彼は、

「なんだ、まだ寝ぼけているのか？」

と僕の顔を覗《のぞ》き込むようにして笑ってみせた。

「いつも作ってるじゃないか」

「いつも反省してるんだよ」

桐生の言うとおり、休日の朝食は桐生が作ってくれることが多かった。理由は簡単で、前夜の行為が激しすぎるせいで僕がなかなか目覚めないからなのだが、たとえ『いつも』であっても申し訳なく思う気持ちはかわらない。

平日は多忙を極めているであろう彼にとって、たとえ一時間半とはいえ、新幹線での移動は辛いものがあるだろう。桐生ほど忙しくない僕でさえ、金曜日の新幹線はかなりきつい。

なのに彼を早朝から――というほど早くはないが――働かせてしまうなんて、と自己嫌悪に陥っていた僕の目の前に、香り高いコーヒーが差し出された。

「奥様、コーヒーをどうぞ」

「……ありがとう……」

またも『申し訳ない』という気持ちを込め、深く頭を下げる。

「いいから、食べようぜ」

桐生が苦笑し、席につくと自分のコーヒーカップを手に取る。

「いただきます」

自己嫌悪に陥ったり、反省したりするのなら次回からちゃんと起きればいい。できなかったことを愚図愚図と悩むのは僕の悪い癖だ。後悔ばかりして進歩のない人間は、桐生が最も嫌うタイプだろう。

いけない、いけない、と反省し、僕はできるだけ元気よく『いただきます』を告げると、桐生お手製の朝食を食べ始めた。

相変わらず完璧だ、と、少しも焦げていないオムレツにナイフを入れる僕の頭にふと、桐生は姫宮課長にもこうして完璧な朝食を作ったのかな、という考えが浮かぶ。

「…………」

なんでそんなことを思いついてしまったのだろう、と溜め息を漏らしかけた僕は、桐生が何かを話しかけてきた、その最初の部分を聞き漏らしてしまった。

「……か？」

「え？　あ、ごめん」

はっとし、桐生を見やると、桐生は、なんだ、と苦笑しつつ、僕を揶揄《やゆ》してきた。

「奥様は相当お疲れのようだな。まだ目が覚めないか？」

「ちゃんと起きてるよ。ただぼんやりしてただけで……で、なに？」

じっと見つめられると、頭の中まで見透かされそうで、なんとなく僕は桐生から視線を逸《そ》らしつつ、今、何を言ったのかと尋ねた。

「今日から飛驒高山《ひだたかやま》に行く予定だっただろう？　何時に家を出るかと聞いたんだ」

「あ……そうか」

もともとその予定だったことを、僕は今、思い出した。前々から計画をし、ホテルも押さえていたし、レンタカーも借りる手筈《てはず》を整えていたのに、今まですっかり忘れていたのはやはり、昨夜の桐生の告白が――姫宮課長と付き合っているというあの言葉が、衝撃的すぎたためだろう。

「体調が悪いのなら、パスしてもいいが？」

桐生が心配そうに僕の顔を覗き込んでくる。

「いや、大丈夫だよ。せっかくだから行こうよ」

笑顔を作った僕の頭にまた、考えてはならない思いが浮かぶ。

桐生は姫宮課長のことも、こうして気遣っていたのだろうか。

桐生は姫宮課長とも、温泉旅行に行ったりしたのだろうか。

気にしたところでどうしようもないことを、またもぼんやりと考えていた僕は、再度桐生の言葉を聞き漏らしてしまった。

「…………か？」

「え？」

はっとした僕を見て、桐生が、やれやれ、というように溜め息をつく。

「旅行は延期しよう」

「どうして？」

行こうよ、と誘う自分の声が、やけに空《むな》しく響く。あれほど楽しみにしていた旅行だったのに、自分がそう乗り気でないことに、既に僕は気づいていた。

それを桐生に気づかれぬわけもなく、桐生はまた、苦笑すると、

「またにしよう」

と立ち上がった。

「キャンセルの電話を入れてくる」

「桐生」

書斎へと消えていく彼の背に声をかけたが、桐生は僕を振り返ることなくそのまま部屋に入ってしまった。

「…………桐生……」

追いかけて、やっぱり行こうよ、とねだるべきだ。

頭ではそうわかっていたが、立ち上がることはできなかった。そのままぼんやりと朝食の席についていた僕は、残すのは悪い、と気づき、冷めてしまったオムレツにフォークを刺す。

「…………」

冷めても充分美味《おい》しいオムレツが、なかなか喉《のど》を下っていかない。やはり冷めたコーヒーで飲み下そうとしたが、苦い味が口の中に広がり、ますます食欲が減退してしまった。

桐生はなぜ、飛騨高山行きを急にキャンセルしようと言いだしたのか。

僕がぼんやりしているのを見て、体調が悪いのではといたわってくれた——これは果たして、真の理由なのか。それとも表面上のものなのか。

表面上だったとすると、真の理由はなんなんだろう。僕が乗り気でないことがわかったからか。しかし『行きたくない』とごねたわけではないのに、早々にキャンセルを決めた、その理由はやはりわからない。

もしかして彼は腹を立てたのだろうか。旅行に行くことは決まっていたのに、僕が愚図愚図といつまでも起き出さず、ようやく起きたと思ったら半分寝ぼけている状態で、しかも旅行を忘れていた。

こんないい加減な奴とは行きたくない、そう思ったのだろうか？

「……違うと思う……」

桐生がもし、僕に対して腹を立てていたとしたら、それをストレートにぶつけてくるはずだ。ああして僕をいたわってみせながら、腹の中では怒っている、などという、裏表のある性格の持ち主ではない。

となるとやはり、表面上ではなく心から僕の体調を心配してくれたということになるんだろうけれど、と溜め息を漏らしたそのとき、書斎から桐生がリビングへと戻ってきた。手にはスマートフォンを持っている。

「キャンセル完了だ。また日を改めることにしよう」

「……ごめん、桐生」

にこやかに微笑《ほほえ》む彼の顔から、怒りの影を見出すことはできない。やっぱり彼は僕の体調を心配してくれたのだ、と思うと、たいして体調も悪くなかったため、申し訳なさが募った。

「謝ることはない。ゆっくり休むといいさ」

桐生が優しく微笑み、下げたままになっていた僕の頭を、ぽん、と叩《たた》く。

「食べられないようなら残せよ」

そう言うと桐生はまた、顔を上げた僕の頭をぽんと叩き、

「ちょっと仕事してくる」

と言葉を残して書斎へと戻っていった。

「…………」

桐生は非常に多忙ではあったが、僕と過ごす土日には仕事を極力持ち込まないようにしてくれていた。

その彼が仕事をするということは相当忙しいか、若《も》しくは僕と過ごす時間を避けたいかの

どちらかだ。

後者じゃないといいのだけれど、と溜め息を漏らすだけで、それを確かめにいくことができない自分が情けない。

せめて彼の作ってくれた朝食くらいはちゃんと食べよう、と僕は無理矢理皿に残ったものを口に入れると、綺麗に完食していた桐生の皿と自分の皿、両方をシンクへと運び、後片付けを始めた。

皿を洗いながらも、気づけば僕は中止になった旅行のことを考えていた。

いっそ、飛驒高山に行ったほうがよかったんじゃないのか。旅先で初めて見る景色に感動し、宿の食事に舌鼓を打ち、温泉を二人で堪能する。浴衣の彼と部屋で寛《くつろ》ぎ、布団の上でじゃれ合う。そのうちに互いが欲しくなり、布団の上で抱き合い舌を絡めて——。

「…………」

温泉地で楽しむ二人の姿を想像していた僕の頭に、また、あの考えが浮かぶ。

桐生は姫宮とも、そうして楽しんだのではないか——どんなに楽しい時を過ごしていようが、否、共に過ごす時間が楽しければ楽しいほど、桐生の過去に姫宮の影を感じてしまうに違いなかった。

自分が桐生に告げた言葉だが、姫宮と桐生はもう『終わった』仲だ。気にしたり、嫉妬したりするのは空しい行為である。

いくら姫宮が絶世の美貌の持ち主であれ、そしていかに優秀な男であれ、過去の男と自分を比べ落ち込む必要などないと、頭ではわかっているのに気持ちがついていかない。

比べるまでもなく、何もかもかなわない、と思い知らされることにも落ち込むが、それに加えて僕がこうも姫宮を気にしてしまうのは、彼のような男もまた、桐生に別れを切り出されたと知ったためだった。

桐生の女性遍歴、男性遍歴は、聞いたことがないが、さぞ華やかなものだったと想像できる。あまりに当たり前のことだからか、そのことに落ち込むことはあまりなかったが、特定の『過去の男』の存在を知らされたことで、僕はショックを受けているのかもしれなかった。

今までは想像の世界でしかなかったから、気にすることはなかった。だが姫宮という『現実』を認識したことで僕は、これからの桐生との仲を不安に感じ始めているのかもしれない。

姫宮ですら、過去の男になった。僕がならない保証はない。

姫宮と桐生は、どのくらいの期間、付き合っていたのだろうか——気づけばまた、何度となく考えたそのことに思考が陥ってしまっている。

知らずにいたほうがどれだけよかったか、と、ほぼ八つ当たりのようなことを考え漏らした僕の溜め息が、誰も居ないキッチン内に響き渡った。

旅行をキャンセルした土日、夕食の買い出しのために近所を出歩いたりはしたが、基本は二人、マンションの中でずっと過ごしていた。

相変わらず軽口も叩き合うし、夜になればベッドで抱き合ってはいたが、二人の間には何か目に見えないしこりのようなものがあることに、僕も、そして多分桐生も気づいていた。

気づいていて尚、僕たちは敢《あ》えてそのことに触れないようにと心がけていた。おかげで桐生が帰る日曜の夜には、いつもは感じたことのない疲労と、そしてほんの少し安堵《あんど》の念を僕は抱いてしまっていたのだった。

シンデレラエクスプレス、というわけではないが、いつものように僕は桐生を新幹線のホームまで見送った。

「来週は僕が行くから」

間もなく列車が到着するというアナウンスが流れたとき、僕がそう言うと桐生は、

「待ってる」

と微笑み、抱き寄せてきた。

「人目があるから」

彼の手を払い除けたのは、今日に限ったことではない。いつものことだったが、二人の間にできた隙間《すきま》に、なぜか僕は酷くどきりとしてしまっていた。

「それじゃな」

やってきたのぞみに乗り込み、桐生が僕を振り返る。

「また来週」

微笑む彼に微笑み返したとき、ぷしゅ、と音を立てて扉が閉まった。あっという間に遠ざかっていく新幹線を見送る僕の胸に不安が込み上げてくる。

この二日、不自然きわまりない時間を共に過ごしてしまったが、桐生はどう感じただろうか。不快に感じなかっただろうか。無理して笑ってはいなかっただろうか。

彼の一挙一動を思い出すにつれ、ますます胸の中で不安が広がってくる。

来週末には、二人の間のしこりは解消しているんだろうか。一週間、離れていることで、ますます不安が募る気がする。

既に桐生の乗った新幹線は遠く離れ、影すら見えないというのに、僕はホームに立ち尽くしたまま、暗い線路をいつまでもいつまでも見つめてしまっていた。


翌日、いつものように九時過ぎに出社した僕は、姫宮課長の姿を認め、なんともいえない居心地の悪さを味わった。

「おはようございます」

「おはよう」

姫宮に変わった様子はなかった。だが、顔色は少し悪い気がした。相変わらず綺麗な顔だ、と思いつつ席につき、パソコンを立ち上げる。

メールをチェックすると、田中《たなか》から久々にメールが届いていた。

『元気か？　今度出張で帰国することになった。名古屋へも行かれるようなら寄りたいと思ってる』

続いて日程が書いてあったが、ちょうど土日がかかっていた。それなら、と僕はすぐ、田中に返信を打った。

『土日には上京するから、そのときに会おう。名古屋は近くて遠い場所だから無理する必要はないよ』

近くて遠い場所――自分で書いておいてなんだが、本当にそうだよな、とつい溜め息が漏れる。

新幹線を使っても、移動に一時間半はかかる。出張で来ている田中に、往復三時間の道のりは遠い。

土日はちょうど僕も上京しているし、と他のメールをチェックしていた僕の頭に、なんのために土日、上京するのかという考えが浮かんだ。

勿論《もちろん》桐生と会うため――一週間に一度の貴重な逢瀬の時間に僕は、田中と会おうとしている。

田中は普段、メキシコにいて滅多に会えないのだから、彼との時間を優先させることは間違ってはいない。いっそのこと、桐生と三人で会うという選択もある。

「…………」

なんだか、必死で自分の考えを正当化しようとしているようだ、とまたも溜め息を漏らした僕は、視線を感じ顔を上げた。

「あ……」

ちょうど僕を見ていたらしい姫宮が、すっと目を逸らしたのがわかり、僕は思わず小さく声を上げてしまった。姫宮は一瞬、びく、と身体を震わせたものの、視線を戻したパソコンの画面を見続けていた。

やはり気になるのだろうか、と僕は尚も姫宮を見ていたのだが、そのときちょうど愛田《あいだ》が「おはようございます」と出社してきたので、意識はそちらに逸れた。

「おはよう」

「あ、長瀬《ながせ》さん、飛驒高山、どうでした？　お天気よかったし、楽しめましたか？」

愛田がにこにこ笑いながら問いかけてくる。

「ああ、ごめん。ちょっと体調が悪かったから延期になって」

先週昼食の席で、せっかく桐生と行くのだからと、僕は課の皆に飛騨高山のお勧めスポットを聞いていたのだった。

彼女と行くんですか、とさんざん冷やかされたのを、友人と行くと言い張ったのだが、そういえばその席には姫宮課長もいたと思う。

課長にはその時点でその『友人』が桐生だとわかっていたのだろうか。わかっていたとしたらどんな気持ちで聞いていたのか、と、そのときのことを思い出そうとしていた僕は、

「なんだ、残念でしたね」

と愛田に話しかけられ、はっと我に返った。

「仕切り直しになったから。愛田に聞いた店にはそのときに行ってみるよ」

「お勧めですよ。彼女のハートをがっちりキャッチ、って感じです」

えへへ、と笑う愛田に、

「彼女じゃないよ」

と一応訂正を入れたのは、姫宮のリアクションを見たいためだった。

「またまた」

愛田は探るような目を向けてきたが、姫宮はじっとパソコンの画面を見続けており、会話に加わることもなかった。

その日は結構、仕事が立て込み、午後八時を回っても課の人間全員が席についたままだっ

た。

「あれ、今日はみんな遅いね」

そこに小山内《おさない》部長がやってきて、僕たちをぐるりと見渡し少し残念そうな顔になった。

「飲みに誘いたかったんだけど、難しいかな？」

にこにこと笑いながら誘いをかけてきた部長に、まず木場《きば》課長代理が乗った。

「あ、行けます。みんなも行けるよな？」

「行きます行きます」

続いて愛田が手を上げ、ベテラン事務職の神谷《かみや》さんも、

「私も行っていいですか」

と小山内部長に声をかける。

「勿論。女子大歓迎」

「女子ってトシじゃないけど」

二人はほぼ同期とのことで、普段は部長を立てているものの、時々彼女の地が出て対等な口をきく。

小山内部長は実にフランクで、少しも気にする素振りをみせず、まだ手を上げていなかった僕を誘ってきた。

「長瀬君は？　仕事、終わらない？」

「あ、大丈夫です」

実際、終わってはいなかったが、明日の午前中にやれば間に合う、と僕も頷《うなず》き、皆に倣ってパソコンの電源を落としにかかった。

「姫宮君は？」

続いて部長が、相変わらずパソコン画面に向かっていた姫宮に声をかける。

「すみません、まだちょっとかかりそうです」

その場にいた皆が、姫宮もまた部長の誘いに乗るだろうと思っていたのだが、予想に反し姫宮は画面からちらと目を上げ部長を見やると、断りの言葉を口にした。

「そう」

部長もまた姫宮に断られるとは思っていなかったらしく、一瞬だけ鼻白んだ顔になったが、すぐに笑顔となり、

「それじゃ、店に着いたら電話をするからあとからジョインするといい」

と告げ、姫宮の背後へと回った。

「何やってるの？」

「……D工業の佐藤《さとう》課長へのメールです。なんとかウチを噛《か》ませてもらえないかとの相談で……」

「明日じゃダメなの？」

小山内が姫宮の背後から覆い被《かぶ》さるようにして画面を覗き込む。

「今夜のうちに打っておきたいので」

暫《しばら》く考えます、と姫宮は部長を振り返ったが、その際、すっと身体を引き距離を置いていた。

なんとなく、そこだけ空気が違うような気がする、と思わず注目してしまったのは僕だけではなかったようだ。

「なんか部長と課長、アヤシくないですか？」

神谷さんがずばりと指摘し、木場課長代理と愛田が困ったように目を見交わしている。

「悪い悪い。僕は人との距離感がどうも近すぎるらしいね」

よく注意される、と部長が笑って姫宮から離れ、

「そしたら行こうか」

と僕らに声をかける。

「確かに近いかも。女子相手だとセクハラで訴えられますよ」

「神谷さん、訴えないでよ」

「部長こそ、逆セクハラで訴えないでくださいよ」

部長と神谷さんが軽口を叩き合っている間に僕たちは帰る支度を調え、部長を先頭にしてフロアを出ることになった。

「それじゃ、お先に」

部長が一人席に残っていた姫宮に声をかける。

「お疲れ様でした」

姫宮はにっこり笑って挨拶を返したが、やはり彼の顔色は悪い気がした。

「待ってるよ」

部長が最後に声をかけたのにも、微笑みを返したものの、視線をすぐにパソコンの画面へと戻し物凄《ものすご》い勢いでキーボードを叩き始めた。

あれは行かないという意思表示なのかな、と思いながら僕はその音を背に部長たちに続き、職場をあとにしたのだった。

2

結局姫宮はジョインせず、部長とは十一時前まで飲んで、会合はお開きになった。

「それじゃ、お疲れ」

三々五々、皆が散って行く中、同じマンションに住む僕と小山内部長が最後に残った。

「長瀬君、まだ大丈夫かな？」

「はい？」

部長はかなり酔っているようだった。僕も結構ワインを飲んでしまって、ちょっとふらついていた。

もう一軒行くのは辛いな、と思ったが、サラリーマンとして上司の誘いを無下に断ることはできない。だが、カンベンしてほしいなという気持ちは顔に出てしまったようだ。

「ちょっとだけ飲みたいんだけど、付き合ってくれる？」

十二時前には帰るから、と苦笑しつつ誘われては、更に断ることができなくなり、僕は彼に連れられ近所のショットバーへと向かうこととなった。

カウンターしかないその店は、狭くはあったがシックな雰囲気が素敵だった。内装もかなり凝っているように見える。

どうやら部長は常連らしく、店に入るとバーテンが、

「いらっしゃいませ。小山内さん」

と名前を呼びかけてきた。

「十二時までって約束しちゃったんで、時間になったら言ってくれる？」

店内には声をかけてきたバーテンが一人いるだけで、スツールに座っている客はいなかった。

「了解です。これはまた綺麗なお連れさんですね」

にっこり、と笑いかけてきたバーテンこそが綺麗な顔をしていた。年齢は三十代半ばだろうか。白いシャツに黒いパンツとシンプルな服装だったが、それがかえって彼の美貌を際立たせている。

俳優でもこんなに顔の整った男は珍しいんじゃないかな、と、ついまじまじと見てしまうと、バーテンはまたもにっこりと笑い、

「さあ、どうぞ」

と自分の前のスツールを示した。

注文を聞かれたが、これといった好みがない僕は部長と同じものを頼もうとした。だが部長のオーダーがいかにも高そうだったので、慌てて注文を変えた。

「バランタインをロックで」

「小山内さんは十七年がお好きでしたよね」

心得ています、とばかりにバーテンが頷く。

「すみません、僕はジントニックを……」

他に思いつかずそう言うと、バーテンは、

「かしこまりました」

と笑顔で頷き、酒を作るために少し場所を移動した。

「無理に誘って悪かったね」

部長がカウンターに肘《ひじ》をつき、僕を見つめながらそう声をかけてくる。

「いえ、そんなことは……」

帰ってもやることないですし、と僕は、別にいやいや来たわけではないとアピールした。

正直な話、一人になるとあれこれと考えてしまうので、こうして人と話している状況は僕にとってもありがたかった。

しかし部長は僕の否定を社交辞令ととったようで、

「そんなに気を遣ってくれなくていいよ」

と苦笑すると、また、じいっと顔を見つめてきた。

「あの？」

なんです、と問い返したところで、バーテンが戻ってきて、二人の前にそれぞれ注文した酒を置いた。

「ごゆっくり」

「午前零時までだって」

会釈をし、また少し離れた場所に移動する彼に部長はそう声をかけると、グラスを取り上げ僕に向かって掲げてみせた。

「乾杯」

「あ、乾杯」

何に対する乾杯だろうと思いつつも僕も唱和し、グラスを上げた。

「長瀬君、お酒、結構強いね？」

「いえ、そうでもないです」

「そう？　前の店でも結構飲んでたよね」

「強いと胸は張れませんが、接待を乗り切れるくらいには飲めます」

「それは頼もしいな。そういや来週、接待あるんだっけ」

どうということのない会話が二人の間で続いていく。

僕はてっきり、部長は何か話があって誘ってくれたのだと思っていた。が、どうやら単に飲み足りなかっただけだったようだ。

『話』が例の中傷事件についてじゃないかと——何か詳細を問われるのではないかと案じていただけに、よかった、と僕は安堵したのだが、安堵するには早すぎたということをすぐに思い知らされることになった。

「そういえば、ねえ、長瀬君。君、姫宮課長のこと、どう思う?」

「え?」

唐突に出された姫宮の名に、どき、と鼓動が高鳴る。『どう思う』というのはどういう意味なのか、と我ながら強張《こわば》った顔で部長を見返すと、

「ああ、別に好き嫌いを聞いてるんじゃないよ」

と部長は苦笑し、グラスの酒を呷《あお》った。

「……あ、はい……」

ますます部長は一体何を聞きたいのか、と緊張が高まってくる。

まさかとは思うが、部長の耳に先週の、桐生と姫宮のやりとりが入ったのだろうか。

『陰湿な真似をするな。言いたいことがあるなら直接俺に言ってこい』

しかしあれはほんの一瞬の出来事であり、桐生のあの言葉は姫宮以外には、よほど注目していない限り聞こえていないはずだ。

だがあくまでも『はず』であり、『絶対』聞こえていないとは言い難い。あのやりとりは一体なんだ、あの男は一体誰なんだ——それを問われたらどうしよう、と僕はその場で固ま

ってしまったのだが、続く部長の言葉で、ほっと安堵の息を吐くことができたのだった。

「今日、姫宮君の様子がおかしかったからさ。顔色も悪かったろう？　朝からずっと気になっていたんだが、長瀬君の目から見てどうかな？　様子、おかしくなかったかい？」

「……あ……」

『どう思う』というのはそういう意味か、と納得したと同時に、ふう、と息が漏れた。

「すみません。ええと、確かに顔色は悪かったですね」

それを聞き咎《とが》められる前にと、部長の質問に答える。

「やっぱり長瀬君も気づいたか」

部長はここでバーテンを呼び、もう一杯、とグラスを差し出した。

「あと二十分です」

バーテンは部長の依頼を忘れず、タイムリミットの時間を告げる。

「二十分もありゃ飲めるよ」

部長は彼に笑ってそう告げたあと、改めて僕へと視線を向け、さも心配そうな表情で話し始めた。

「体調が悪いという感じには見えなかった。なんていうのか——悩みを抱えていそうだとでもいうのかな。話していても心ここにあらずといったふうで、彼にしては珍しいと、とても気になってしまってね」

「…………はあ……」

リアクションに困り、頷いた僕の横で、部長は尚も姫宮課長の話題を続けていった。

「姫宮君は内にこもるタイプで、滅多なことでは相談など持ちかけてこない。上司として寂しい限りだよ。かといって上司風を吹かせて『悩みがあるなら言いなさい』と聞き出すのもなんだしね」

部長が苦笑したところに、バーテンがグラスを手に戻ってくる。

「お連れ様、困ってらっしゃいますよ」

バーテンもまた苦笑していた。彼の言うとおり僕はリアクションに困っていたのだが、かといって『そうです』とは言えるわけもない。

「あ、いや、そんなことは……」

「はは、確かに君にこんなことを言っても困るよな」

慌てて否定した僕に部長は笑ってみせたあと、

「まあ、酒の席の話だと思って忘れてくれよ」

と実に魅惑的なウインクをして寄越した。

「……はあ……」

忘れたほうがよさそうだ、と相槌《あいづち》を打つ僕の頭に、もしかして、という考えが宿る。

もしや部長は、姫宮課長のことが好きなんじゃないだろうか。

自分が男と付き合っているからといって、皆がゲイだと思うのはどうかという感じだが、部長の今の姫宮への不満——といっていいのか——は、上司としてのものというより、人間としてというか、どちらかというと好きな相手が自分に対して心を許してくれないのが辛い、というように僕には聞こえた。

小山内部長は物凄く部下思いで、誰に対しても心を通わせたいと考えているのかもしれないが、今まで僕が見てきた部長像は、どちらかというと広く浅く、誰に対しても平等に接し、みんなで仲良く、というタイプに思えた。

まあ、僕に人を見る目が備わっているとは思えないからその部長像もまるっきり見当違いのものかもしれないが、それにしても多少顔色が悪いというだけで姫宮を案じるとは、ちょっといきすぎな気もする。

「……あ……」

ここで僕は、また、別のことに気づき、自分がいかにぼんやりであったかと思い知らされた。

「どうした？　長瀬君」

突然声を上げた僕を訝《いぶか》り、横から部長が尋ねてくる。

「あ、すみません。なんでもないです」

取り繕いながらも、僕はつい、部長を探るような目で見てしまっていた。

僕の中傷メールを打った犯人が誰かということを、部長は知っていた節がある。それを僕は今更思い出したのだった。

ＩＴが突き止めた、という彼の言葉が真実か否かはわからないが、部長はあのメールの発信者を姫宮だと知っていたと思われる。

だから気にしてるのか——今頃気づくなんて、本当にぼんやりしている、と自分に呆《あき》れてしまっていた僕に、部長は相変わらず少し酔った口調で話しかけてきた。

「そんなに見つめられると照れちゃうな。昔『揺れるまなざし』っていう化粧品のＣＭがあったんだけど、長瀬君の目は本当にそんな感じだね」

「……いや、そんなことは……」

そのＣＭには覚えがないが、僕の眼差《まなざ》しが揺れているとは思えない。それで否定した僕に部長は、

「さて、そろそろ帰ろうか」

と声をかけ、手の中のグラスを一気に呷った。

「まだ五分ほど間がありますよ」

にこやかに声をかけてくるバーテンに、

「仕事が出来る男はすべてが前倒しなのさ」

と部長はふざけ「いくら？」と問う。

「あ、出します」

慌てて財布を出したが、

「上司におごらせなさい」

と部長は受け取ってくれなかった。

「すみません、ご馳走様でした」

店を出たところで礼を言うと、部長は、

「もう面倒くさいからタクシーで帰ろう」

と、ちょうどやってきた空車のタクシーに手を上げた。同じところに帰るのに遠慮するのも変かと、促されるままに車に乗り込む。

部長は運転手にマンション名を告げ、それから約十分間、僕たちは狭い空間の中でまた、どうということのない話をして過ごした。

「住み心地、いいかな？」

「はい。とても」

「長瀬君の部屋も高層階だね。景色も随分いいんじゃないかな？」

「そうですね」

部長の部屋は確か最上階だったな、と思いつつ頷くと、

「家賃は八万なんだっけ？」

と聞いてくる。

「そうなんです」

「不動産屋さんって、もしかして、木村《きむら》さん？」

「……ちょっとわからないんですが……」

誤魔化すわけではなく、桐生から不動産屋の名は聞いたことがなかったのでそう答えると、部長が不思議そうな顔になった。

「家賃は友人経由で払っているので」

「なるほど。いい友達を持ったね」

賃貸しているというのに、不動産屋を知らないということに疑問を覚えていたらしい部長は、僕の説明に納得し、そう笑ってくれた。

「そうですね……」

あの素晴らしい部屋に八万という安価で住まわせてもらうなど、常識で考えてあり得ない。確かに『いい友人』を持った、と心から相槌を打った僕を、なぜか部長はじっと見つめてきた。

「あの？」

何か言いたげな部長の様子が気になり問い返すと、部長はふっと笑って、

「いや、なんでも」

と僕から視線を外した。

その後は会話も途絶えたのだが、すぐにマンションに到着したので僕たちはタクシーを降りた。

「すみません、本当に……」

手前に乗った部長が降りる前にタクシー代を全て払ってくれたことに礼を言うと——払うと粘ったのだが受け取ってもらえなかったのだ——部長は、

「誘ったのは僕だからね」

気にしないで、とウインクし「行こうか」と僕の背を促してエントランスへと向かった。

「それじゃあ、おやすみ」

十八階で先に降りた僕に部長が笑って手を振る。

「お疲れ様でした」

失礼します、と頭を下げている間にエレベーターの扉が閉まり部長の姿は消えた。

結局のところ部長は、僕から何かを聞き出したかったのだろうか。だがそれならもっと突っ込んだ問いをしかけてきそうなものだ。

そうしなかったということは、やはり単に飲みたかったのかな、と首を傾《かし》げつつ部屋の鍵を開けたところで、携帯が着信に震えていることに気づいた。

ポケットから取りだし、ディスプレイを見て桐生がかけてきたと知る。

「もしもし？」

『寝てたか？』

既に時刻は零時をかなり回っていた。だが、いつもなら軽く起きている時間だ。

「起きてた。ごめん、何度か電話、くれた？」

部長が連れていってくれた店は地下だったのでもしや何度かかけてくれたのでは、という僕の読みは当たった。

『ああ、留守電にも入れたんだが』

「ごめん、気づかなかった」

『いいさ、別にたいした用があったわけじゃない』

電話の向こうで桐生が笑う。

「ごめん」

こうして再度かけてくれたということは『たいした』ものではなくても用事があったのだろう。そう思い僕は謝罪したあと、

「何？」

と用件を尋ねた。

『ああ、今週末に飛騨高山に行かないかと、それを誘おうと思ったんだ』

「そうなんだ……」

ここで僕の声が沈んだのは、今週末は田中が帰国するので上京しようかと思っていたためだった。

『乗り気じゃないか？』

敏感にそれを察した桐生が苦笑混じりに尋ねてくる。

「乗り気じゃないってわけじゃないんだけど……」

ここで僕は田中の名を出すことを一瞬躊躇《ちゅうちょ》した。

田中は僕にとっても桐生にとっても同期入社の友人だが、実は『それ以上』の関係がある人物だったからだ。

田中には好きだと——友人としてではなく、恋愛対象として——告白されたことがあった。田中は僕と桐生の関係を知っており、結局彼とは今後も友人として付き合っていこうということにはなっていたが、桐生は未《いま》だに田中の名が出るとあまりいい顔をしない。

今、ここで田中が来るから、というのを理由に旅行を断るのはよくないのでは、という迷いが生じたが、隠すほうが不自然だと気づき、言いよどんだことを後悔した。

「ただ、今週、田中が出張で帰国するそうなんだ。日曜日までいるっていうから、上京したついでに会おうと思ったんだけど」

『……………』

慌てて言葉を足した僕の話を聞き、桐生が一瞬黙り込む。

「……あの……？」

やはり田中の名を聞き、不機嫌になったのかと案じつつ問いかけると、電話の向こうから桐生の明るい声が響いた。

『そういうことなら、仕方がないな』

「……まだ、田中の返事待ちで実際土日に会うかは決まってないんだけど……」

声音《こわね》も口調も明るくはあったが、なんとなく違和感を覚え、僕は言い訳めいていると自分でも思いつつ、ぼそぼそと続けた。

『田中がお前の誘いを断るとは思わないけどな』

桐生が苦笑しつつ、僕の言葉を遮る。

「もし会うことになったら、どうだろう、桐生も一緒に……」

どうせなら皆で会うというのはどうだろう。田中も桐生には父親の病院の件で世話になっているし、もともと僕ら三人は同期だ。田中も、そして桐生もお互い会いたいんじゃないか、と思い告げた僕の提案は、すぐに桐生に否定されてしまった。

『田中も俺には会いたくないだろう』

「そんなことないよ」

会いたくないことはないと思う。取り繕うわけでもなく本心から言ったのだったが、桐生もまた本心を返してきて、僕を絶句させた。

『俺は会いたくない』

「…………え…………」

声音は笑っていたが、『冗談だろ？』と返せない空気があった。だが黙り込むと更に妙な空気になりそうだったので僕は、

「わかった」

と返事をし、次に何を話そうかと咄嗟に考えた。

「ともかく、田中から返事がきたら結果を教えるね」

『わかった。それじゃな』

桐生が先に電話を切る。いつも、こんなに簡単に通話を終えていたっけ、と僕は携帯を握り締めながら、いつもの二人の会話を思いだそうとした。

普段の電話でも桐生は結構淡白だと思う。遠距離恋愛とはなったが、

『そっちが先に切ってよ』

『お前が切るまで待ってる』

的な――想像しただけでちょっと寒くなった――いかにもなやりとりはそうそうしない。

今も別に、不自然じゃなかった。用件が終わったから彼は切っただけだ、と僕は自分を納得させようとしたが、いくら普段どおりでもやはり気になるものは気になった。

もう一度こちらからかけようか、と桐生の番号を呼び出す。が、そこまでで僕の指は止ま

ってしまった。

電話をして何を言えばいいのか。

『怒ってる？』

なんて聞くことは到底できない。なぜ怒ってると思うんだ、と問われたら答えようがないからだ。

『桐生が妬《や》いたのかと思ったから』

妬く必要などまったくない。敢えてそれを言わずとも、桐生だって別に、田中と僕の関係を疑ってはいないはずだ。

でも気になるのだろうな、と僕は溜め息をつき、携帯をまたポケットにしまった。喉が渇いたのでキッチンへと向かい、冷蔵庫からミネラルウオーターのペットボトルを取りだし一気に飲み干す。

はあ、とまたも深く息を吐き出したが、胸のつかえは少しも下りてはいかなかった。特別これ、といった原因があるわけではないのだが、どうしても桐生との間がぎくしゃくしてしまっている。

僕は僕で桐生が姫宮と付き合っていたということがどうしても気になる。もう終わっている仲だ。過去の関係だと、頭では納得しているが、その『過去』が気になって仕方がない。

今、僕と桐生の間に流れる、このなんともいえない不自然な空気は、いつになったら解消するんだろうか。

時間が解決してくれるものなのか、それとも積極的に話し合う必要があるのか。できることなら時間が解決してくれるといいのだけれど、と思う自分の意気地のなさをほとほと情けなく思いつつ、もう寝よう、と僕は空になったペットボトルをゴミ箱に捨て、シャワーを浴びに浴室へと向かったのだった。

3

思った以上に僕は飲み過ぎていたようで、翌朝目覚ましに起こされるまで夢も見ずに熟睡した。

慌ててシャワーを浴び、家を出る。朝食は会社の近所で何か買おう、と思いつつ携帯をチェックしたが、着信の気配はなかった。

昨日、あっさり電話を切った桐生がかけ直してくれるはずなどないのに、心のどこかでがっかりしている自分がいる。

いや、がっかりというより、危機感とでもいったほうがいいような危うい気持ちを抱きながら出社した僕は、姫宮の顔を見てその危機感を更に募らせてしまったのだった。

「おはようございます」

「おはよう」

今日も姫宮の態度に変わったところはなかった。が、相変わらずあまり顔色はよくない気がする。

体調が悪いのですか、と聞いてみようかと思ったが、話しかけづらい雰囲気があったので僕はパソコンの電源を入れ、仕事へと意識を集中させようとした。

メールを開こうとしたとき、思いもかけないことに姫宮のほうから僕に声をかけてきた。

「昨夜はかなり遅くまで飲んだの？」

「え？」

突然のことにびっくりし、顔を上げた僕に向かい、姫宮がにっこりと微笑んでみせる。

「小山内部長がまだ出社していないから。君は部長とマンションが同じだし、遅くまで付き合わされたんじゃないかな？」

「いえ、遅くはありませんでした。日付が変わる前には店を出ましたから……」

昨日は一日、仕事以外で僕に声をかけることがなかった課長が、今日はどうしたことかとまだ驚きを引きずりながらもありのままを答えると、姫宮は、

「そうなんだ」

と笑ったあと、一瞬口を閉ざした。

「？」

なんだ、と彼の綺麗な顔に注目した僕に、再びにこやかに笑いながら姫宮が問いかけてくる。

「昨夜はどんな話題が出たのかな？　部長、何か言ってたかい？」

「……どんなって……別にこれといった特別なことは……」

姫宮の『何か言ってたかい？』の目的語はおそらく『自分のことを』が入るのだろう。実際、部長は姫宮についてあれこれと語っていたが、それを本人に伝えていいものかわからず、僕は、部長と二人になってからではなく、課の皆が揃《そろ》っていた一次会について、思い出すかぎりの話題を並べ始めた。

「今年の部内旅行はどうしようとか、あとは、僕が行く予定だった飛騨高山についてとか……ああ、それから、神谷さんがお子さんの進学について相談していました。あとはいつものとおり、愛田が東京に行きたいと言ったり……」

「楽しい会だったんだね」

どうやら僕の話は姫宮の興味を惹かなかったようで、またも彼はにっこりと微笑みながらそう言い話を打ち切らせた。

「はい……課長もいらっしゃればよかったですね」

多忙を理由に断っていた彼にそう言ったのは、向こうが社交辞令を言ってきた、それを返しただけのつもりだった。が、姫宮はなぜかそこで一瞬、びく、と身体を震わせ、きつい眼差しを注いできて、僕をどきりとさせた。

「あの……？」

だがそれは一瞬のことで、姫宮はすぐに笑顔になると、

「本当に、行けばよかった」

と頷き、視線をパソコンへと戻した。

「………」

今のはなんだったのか、とつい姫宮を凝視してしまったが、彼の目線はいつまでもパソコンの画面から動かなかったので、仕方なく僕もまた、メール画面を見やった。

受信ボックスに田中の名前を見つけ、急いで開く。そこには僕の返信への礼と次の一文があった。

『親父の見舞いに行きがてら名古屋に行こうと思っていた。都合がつかなければまた次の機会にするよ』

そういえば田中の故郷は静岡だった。彼の父親は東京の病院に入院していたが、もう地元に戻っているのだろう。

実家に戻るついでに名古屋に足を延ばしてくれようとしていたのか、と察したものの、どう返事を打っていいのか迷い、僕は暫くじっとメールを見つめていた。

桐生に連絡を入れようか。やはり田中とは名古屋で会うことになったので、今週末東京には行けない、と。

だから名古屋に来て欲しいといえば彼は来てくれるだろうか。

『俺は会いたくない』

田中とは会いたくない——そう言っていた彼だ。こっちで田中と会うのなら、自分は行かないと言うかもしれない。

僕が名古屋に転勤してから、毎週末は桐生と会っていたのに――それ以上の頻度で会っていたのに、今、間が空いてしまうというのはどうなんだろう。

ただでさえ、二人の仲がぎくしゃくしているときなのに、と僕は画面を見つめ、思わず溜め息を漏らしてしまった。

田中にいつ、名古屋に来るか聞こうか。まだ決まっていないのなら、土曜日の早い時間か、もしくは日曜日の遅い時間を指定して、どちらかには名古屋にいるようにし、残りの時間を東京で過ごすことにしようか。

しかし田中にも都合というものがあるだろうし、何より今はメキシコにいるわけだし、家族と連絡を取り合い、見舞いの時間を決めるのは難しいだろう。

いっそのこと、田中と会うのをキャンセルしようか。一瞬そう考えたが、さすがにそれはどうなんだと、思い直した。

キャンセルするって、なんといって断るのか。まさか『週末は桐生と会うから』とは言えないだろう。

仕事が入ったことにするか？　だが嘘をついてまで断るのは人としてどうかと思うし、大事な友人である田中に対してそんなことはできない。

しかしそれなら、どうするか――僕は随分、ぼんやりしてしまっていたようだ。

「……君？　長瀬君？」

「長瀬君、呼んでるよ」

背後から部長に呼ばれたのに暫く気づいていなかったのを姫宮に指摘され、はっと我に返った。

「すみません！」

慌てて立ち上がり、部長席へと駆け寄っていく。

「昨日はお疲れ」

部長は僕に笑顔を向けそう言うと、

「寝ぼけてる？」

と顔を見上げてきた。

「いえ、すみません。ちょっとぼんやりしてました」

「まだ始業前だからいいけど、しっかりしてくれよ」

素直に謝ったのがよかったのか、部長は僕の謝罪を軽く流してくれたあと、思いもかけない誘いをかけてきた。

「長瀬君、今週の土曜日、身体、空いていないかい？」

「え？」

どき、と胸が高鳴ったのは、まさに今週末のことを今まで考えていたためだった。

僕の動揺に部長は気づかなかったようで、誘いの内容を説明し始める。

「実は週末、プライベートのゴルフを予定していたんだけどキャンセルになっちゃってね。せっかくゴルフ場はとれてるから、長瀬君の歓迎コンペというのはどうかと思って」

都合が悪いのなら言ってくれ、と笑う部長を前に僕は、一瞬だけ迷った。が、すぐに心を決め返事をした。

「ありがとうございます。喜んで」

「そうか、よかった。そしたら他のメンバーを誘おう」

部長が嬉しそうに笑って立ち上がり、僕の課のほうへと歩いていく。

「姫宮君、土曜日に長瀬君の歓迎コンペをやろうと思うんだが、予定、空いているかな？」

部長が一番に声をかけたのは姫宮だった。既に課の全員が着席して、部長の言葉を聞いている。

「いいな～」

神谷さんが口を尖《とが》らせ、ちらと部長を見る。

「神谷さんも、来る？」

視線に気づいたらしく、部長が彼女を誘ったそのとき、

「申し訳ありません。先約があるので」

姫宮が言葉どおり申し訳なさそうな顔をし、部長に頭を下げた。

「そうか、残念」

部長が本当に残念そうに言うのに、神谷さんが、

「私、空いてますよ！」

と弾んだ声を出し、期待に満ちた目で部長を見る。

「それじゃ、神谷さんと、木場君は？」

部長の誘いに木場は、

「空いてます！」

と元気よく答え、これでメンバーは決まった。

「愛田君も早く、ゴルフ始めるといいよ」

部長のこの言葉からすると、新人の愛田はゴルフをしたことがないのだろう。それで四人がすんなり決まったが、もし、全員の予定が空いていたらどうする気だったんだろう、と僕はつい部長を見てしまった。

「車は僕が出すよ。木場君は神谷さんをピックアップしてもらえるかな？」

「えー、私、車出しますよ？」

僕の視線をどうとったのか、部長は早くも当日の車割りの相談を始め、それに神谷さんが異論を唱える。

「いやいや、俺が出しますよ」

「木場君の運転、荒いんだもん」

「神谷さんには負けるけど」

「なんですってえ」

言い争いを始めた二人を部長が「まあまあ」と取りなしている。その様子を見るとはなしに見ていると、木場課長代理はどうやら僕が訝っているのだと思ったらしく、状況を説明してくれた。

「神谷さん、課の中じゃ一番ゴルフ上手《うま》いんだよ。年の功っていうの?」

「あー、セクハラ。人事に訴えてやるー」

神谷さんが、むっとしたふりをし木場課長代理を睨《にら》む。

「運転も男顔負けで上手い。これも年の功」

「もう木場っちの仕事、断固拒否してやる」

覚えときなさい、と神谷さんが口を尖らせ、

「冗談ですやん」

と木場が嘘くさい関西弁で縋《すが》る。僕も、そして部長や愛田もそれに笑ってしまったのだが、ちらと見やった先、姫宮の顔に笑みはなかった。

「さ、雑談はこのくらいにして、働こう」

それに気づいたのかどうかわからないが、部長が皆にそう声をかけたあと、席へと戻って

いく。

「あー、ゴルフ、楽しみだね！　部長のコースでできるなんて超ラッキー」

「だから神谷さん、仕事仕事」

浮かれる神谷さんを木場課長代理が窘《なだ》め、それぞれが仕事へと戻っていく。僕もまた席につき、スタンバイ状態になっていた画面を解除した。

画面に浮かんでいたのは、田中からきたメールだった。僕はまたメールの最初から最後まで読み返したあと、罪悪感に苛まれつつ返信を打った。

『申し訳ない！　急に課内コンペが入ってしまった。土曜日は都合が悪いんだけど、日曜日はどうかな？』

課内コンペというのは嘘ではない。が、姫宮が『先約がある』と断ったように、僕も『先約がある』と言えたはずだった。

せっかく部長が歓迎コンペをしてくれるのだ。断るのは悪い——勿論その思いもあったが、部長に誘われた際、僕の心に『渡りに船』という言葉が浮かんだのも事実だった。

土曜日にゴルフコンペが入ったので、今週は東京に行かれない——桐生に対し嘘をつくことなく、名古屋に残る理由ができた。そのことに安堵している自分に自己嫌悪の念を抱きつつ、僕は、いい加減真面目《まじめ》に働こうと気持ちを意識的に仕事へと向けていった。

昼過ぎに田中から返信が入った。

『日曜日の早朝には静岡を出て成田に向かうことになった。今回は残念。また何か仕事をつくって帰国するよ』

その返信を読んだときにも僕は安堵の息を漏らしてしまい、自分の最低さ加減がいやになった。

田中には心から申し訳なく思っているという気持ちを伝えたいと思い、彼が帰国している間に絶対電話をしようと心に決めた。

まずはメールで、と、会いたかったのだが本当に申し訳ない、と打ち、課内コンペを断れなかった理由を——僕の歓迎コンペと部長に言われたという詳細を——説明しようとしたが、なんとなく言い訳がましいような気がして、その部分は削除した。

午後、客先を回り、六時半頃帰社すると、今日は退《ひ》けが早く、課内に残っているのは姫宮課長だけだった。

「なんだ、直帰すればよかったのに」

ただいま戻りました、と挨拶をすると課長はそう笑ってくれたが、彼の目はやはり笑っていないように感じた。

メールをチェックすると、また田中から返信があった。

『気にするなよ。それより、名古屋ライフはどうだ？　今度遊びに行くときのために、いろいろ開拓しておいてくれ』

爽《さわ》やか、としかいいようのない文面に、僕の胸の中で罪悪感がこの上なく広がっていく。

本当にごめん、と返信しかけ、これじゃキリがないか、とメールを閉じた僕の口から、思わず溜め息が漏れた。

「……っ」

思いの外、大きな音になってしまった、と首を竦《すく》め、周囲を見回す。と、大きな溜め息を聞きつけたらしい姫宮と目があった。

「あ、あの……」

なんでもないんです、と、問われるより前に言おうと思ったが、姫宮はすぐにすっと目を伏せ、話しかけられない雰囲気を作り出した。

「…………」

今、周囲に人がいないせいもあるが、姫宮は僕を完全に無視していた。

原因に心当たりがありすぎるだけに、どう対処していいのかわからない——またも溜め息をつきそうになり、いけない、と唇を嚙んで堪《こら》えると僕は、やることを早くすませて帰宅しようと心を決めた。

明日の朝一番に持っていく必要のある書類を整え終えたのはそれから三十分後で、僕は手早く机回りを片付けると、

「お先に失礼します」

と姫宮に声をかけ、フロアを出ようとした。

「……長瀬君」

傍《そば》を通り抜けた僕の背を、姫宮が呼び止める。

「はい？」

どき、と鼓動が高鳴ったのは、一体何を言われるのか、まるで見当がつかないためだった。桐生の名が出るのか。それともそこはスルーで仕事の話か。

中傷騒ぎが落ち着いて少し経《た》つので、その意識はなかったが、まだ僕は犯人であったという姫宮から一度も詫びられていない。

まさかその詫びか――一瞬のうちに様々な考えが頭を過《よ》ぎったが、姫宮が口にしたのはそのどれでもない、まったく予想もできないものだった。

「小山内部長は君を気遣っていろいろ声をかけているが、それを面白く思わない若手もいる。

あまり浮かれすぎないようにね」

「…………え…………？」

最初、僕は彼が何を言ったのか、まるで理解できなかった。それでぽかんとしてしまったのだが、次第に思考力が戻ってきて、彼の言葉の意味を察することができたのだった。

「…………あの…………」

僕が部長に贔屓《ひいき》をされているという陰口を、誰かが——若手社員が叩いていたということか。それを確認しようとしたが、課長はそんな僕ににっこりと微笑むと、

「お疲れ」

とだけ告げ、視線をパソコンに戻してしまった。

「……失礼します……」

話しかけるなと全身で僕を拒絶している彼に問いを発する勇気はなく、力なく挨拶するとそのままエレベーターホールへと向かった。

すぐにきたエレベーターに乗り込み、一階のボタンを押す。一難去ってまた一難、再度中傷の的になってしまっているのか、と天井を仰いだ僕の頭に、待てよ、とある考えが浮かんだ。

部長が僕に声をかけたのは、今日のゴルフの誘いくらいのものだ。昨日の飲み会は課員全員を誘っていたし、一次会のあともう一軒、二人でバーに行ったことを知っている人間はい

ない。

歓迎コンペをしよう、という申し出は確かに、贔屓にしている、と言われかねないが、結局は課内コンペになったわけだし、僕ばかりが贔屓されているという印象は薄いんじゃないかと思う。

もしかして姫宮は、単なる嫌がらせを言ったんじゃないだろうか——僕の頭に浮かんだのはその考えだった。

僕をそれこそ気遣ってのアドバイスと見せかけているが、いかにも部の若手が僕を陰で悪く言っているような印象を与えるあの言い方といい、さも現状僕が『浮かれて』いるかのような表現といい、敢えて僕の心に刺さることを言ったとしか考えられなくなってくる。

中傷メールが回り、周囲の人間全員から冷たい視線を浴びせられるという経験をした僕が一番応《こた》えるのは、前と同じように人に白い目で見られることだと姫宮はわかっていて、敢えてあんなことを言ったのではないか。

穿《うが》ちすぎかもしれない。そう思いはするものの、その考えを捨てることはできなかった。

僕はどちらかというと、性善説派で、あまり悪意をもって人を見ないタイプだと自分では思っていた。今、こうして姫宮の言動に悪意を読み取っているのは多分、彼が僕に対して嫌がらせをしてきたという事実があるからと、もう一つ、理由がある。

過去に桐生と付き合っていたから——それがなければ、おそらくこうも穿った見方をすることはないだろう。

本当に僕は、性格が悪いというか、心が狭いというか、もう嫌になってしまう。もっと前向きに、そう、建設的なことを考えよう、と無理矢理思考を打ち切ったが、胸の底にはどす黒いとしかいいようのない思いが横たわっているままだった。

帰宅し、僕はまず桐生に電話をかけようとし、時間的にまだオフィスだなと思ったので、メールを打つことにした。

土曜日に部長にゴルフに誘われたため、日曜日に東京に日帰りすることにした、と桐生のスマホにメールを打ち、夕食は何を食べようかなとキッチンへと向かおうとしたのだが、そのとき携帯が着信に震えたので、もしや、と思いディスプレイを見た。

予想どおり、桐生からとわかり急いで応対に出る。

「もしもし?」

『メール読んだ。田中はいいのか?』

名乗ることもなく――普段も『俺だ』というくらいだが――桐生が開口一番問いかけてきたのは、田中のことだった。

「田中、日曜日の朝には帰国するんだって。なので今回は残念ながら会えなくなったんだ」

嘘は言ってない。が、そう答えるとき、僕はなぜか酷く緊張した。

『そうか』

桐生の答えはその一言だった。なんとも微妙な沈黙が二人の間に流れる。

『そういうことなら、俺が土曜のうちに名古屋入りする』

沈黙を破ったのは桐生だった。短くそう言い、

『それじゃな』

と電話を切ろうとする。

「いいよ。順番だから僕が行くよ」

先週も来てもらったばかりだし、と続けようとした僕に桐生が、

『俺が行くほうが効率的だろう？』

と言葉をかぶせてくる。

「桐生、出張前で忙しいんだろ？」

移動時間はタイムロスになるじゃないか、と言いながら僕は、何をこうも意地になっているのか、と自分で自分に首を傾げていた。

『大丈夫だ』

それじゃな、と桐生は僕の返事を待たず、電話を切ってしまった。

「桐生！」

既に、ツーツーという音しかしない携帯に向かって叫んだが、当然応答はない。かけなおそうか、と番号を呼び出したが、かけたところで桐生が来るというのを覆すことはできない

だろうと判断し、かけるのをやめた。

桐生には悪いが、確かに桐生が土曜日から名古屋入りしてくれていたほうが、二人が会える時間は長くなる。僕にとってもそれは嬉しいことのはずなのに、なぜああもムキになって自分が行くといったのか。

桐生の体調を気遣った——というのは勿論動機の一番だ。だが理由はそれだけではなかった。

桐生を名古屋に来させたくない。その気持ちが働いたのは否めない。

名古屋には姫宮がいる。僕は姫宮と桐生を再度対面させたくなかった。

桐生も会う気はないだろうし、姫宮が会いたいと思っているかもわからない。なのに、同じ名古屋にいれば、偶然出会う可能性が高くなるという理由で僕は、桐生を名古屋から遠ざけようとしていた。

本当に、馬鹿じゃないかと思う。僕がそんなことを考えていると桐生に知れたら、馬鹿にされるどころか、自分をそうも信用できないのかと嫌われる危険もある。

それがわかっているのに、なぜ、僕は馬鹿げた行動ばかり取ってしまうのだろう。

「……飲むか……」

やりきれない気持ちが僕を酒に走らせた。食事をするはずが、冷蔵庫からビールのみを取り出し、リビングへと戻る。

酒を飲んだところで何も解決なんかするはずがない。単なる逃避だと、これもまたわかっていたことだが、飲むピッチは速くなるばかりだった。

何も解決しやしないが、今夜眠るのには、役立つかもしれない。酔い潰《つぶ》れること前提で飲む酒は少しも酔いを運んでくれず、随分と遅くまで僕は一人で酒を飲み続けてしまったのだった。

前夜、少しも酔えなかったにもかかわらず、翌朝、その酒は物凄い二日酔いを僕にもたらした。

気持ちが悪いし頭も痛い、と、最悪の体調で出社したが、そういう日は面倒なことが勃発するケースが多く、昼食をとる間もなく客先からのクレームの対応に追われた。

気持ちが悪くて食べられなかったから、まあいいかと思っていたのだが、一時すぎになんとか目処《めど》がつき、やれやれ、とほっとしているところに、小山内部長が声をかけてきた。

「長瀬君、昼食まだだろ？　僕も食べそびれてね。どうだい？　付き合わないか？」

にこやかに微笑みながらそう誘ってくれた部長に、僕は『ありがとうございます』と礼を言い、共に昼食をとろうとしたのだったが、視界の隅に入った姫宮が、ちらと目線を投げかけてきたのに気づき、やはりやめておくか、と頭を下げた。

「すみません。二日酔いでちょっと食べられそうになくて」

「二日酔い？　なんだ、昨日も飲み会だったの？」

「いえ、家で一人で飲んだんですが……」

嘘をつくのも何か、と、僕は正直に答えたのだが、部長はそれを聞き、

「一人で？　二日酔いになるほど飲んだの？」

としつこく絡み始めた。それどころか、

「二日酔いのときこそ、何かお腹《なか》に入れたほうがいいんだよ」

尚もランチに誘ってきて、ここまで誘ってもらって断るのはどうか、という空気になってしまった。

「行ってこいよ。D工業のほう、なんとかなったんだろ？」

木場課長代理が僕に行っておけよ、と目配せする。

「部長と行ったらオゴリだよ」

神谷さんにもそう促され、結局僕はかなり目立つ形で部長と共に、一時間遅れのランチへと行くことになってしまった。

「胃に優しいほうがいいよね」

僕の体調を気遣ってくれたらしく部長は、会社の近所でうどんも美味しいと評判の蕎麦屋《そばや》に連れていってくれた。

「お腹減ったな。僕は天ざるにしよう」

長瀬君はどうする、と問われ、食欲がまったくなかったので、

「じゃあ、きつねうどんを……」

と胃の負担にあまりならなそうなメニューを選ぶ。

「顔色、悪いなあ」

店員が去っていくと部長は改めて僕の顔をまじまじと見つめ、心配そうな表情で問いかけてきた。

「家飲みで――しかも一人で飲んでいたのに、そうも飲み過ぎるなんて、何か悩みでもあるのかい？」

「いえ、悩みとかは別に……」

悩んでいないのに深酒をするほうが問題だろうか。だが『悩んでいる』などと言えば、悩みは何か、と聞かれるだろう。適当に誤魔化そう、と首を横に振った僕に、部長が少し驚いた顔になる。

「そうなの？　着任早々、あんなに嫌な思いをしたのに？」

悩んでも不思議はないでしょう、と笑われ、たしかにそのとおりだ、と思うだけに僕はなんとも答えようがなく俯《うつむ》いた。

「僕としても責任を感じているんだ。もしそのことで悩んでいるのなら、なんでも相談してくれてかまわないよ？」

真摯《しんし》な声音でそう言われても、僕は一体何を言えばいいのか、と内心困り果てて俯いていた。が、ふと、部長の『僕にも責任がある』という発言がひっかかり、思わず顔を上げて彼を見る。

「ん？」

目が合い、何、というように問いかけてきた彼に、だが、僕は胸に芽生えた疑問をぶつけることはできなかった。

『部長が感じている責任というのは、メールの発信者が部下の姫宮課長であったことを指しているのですか？』

僕が聞きたかったのはそのことだった。その答えがイエスだったとして、果たして部長は、その理由をも知っているのだろうか。

さすがに知らないだろう、というのが僕の見解だった。姫宮が説明するとは思えないし、部長が動機を探り出す手段もないと思われる。

もしかしたら部長は、姫宮があんなことをした『動機』を僕から聞き出したいのかもしれないな、と僕は思い当たった。

二人で飲んだとき、酔った部長は姫宮の名ばかり出していた。彼にとって気になるのは僕ではなく、課長のほうなんじゃないか、という考えはいかにもしっくりきて、なんだ、そういうことか、と納得できた。

だが、納得できたからといって喋《しゃべ》るかとなると、それはまた別の話で、部長にはなぜ姫宮が僕を中傷したか、その理由を説明する気はなかった。

「……悩みは特にありません。例の中傷メールの件もカタがつきましたし、あれ以降、皆さんの態度も前と同じに戻りましたし……かえって気を遣っていただいている気もしますし」

最後のは部長に対する礼をこめた言葉だったのだが、部長はすぐ気づいたようだ。

「まあ、滅多にあんなことはないからね。存分に気を遣ってもらうといい」

そう笑ったが、すぐにふと、何かを思いついた顔になった。

「もしかして何か言われたのかな？」

「え？」

問いがあまりに唐突すぎて、一瞬答えが遅れてしまった。

「いや、『気を遣ってもらってる』と言ったとき、君、なんだか表情が強張ったから」

「そんな……」

なんて鋭いんだ、と僕は驚いたあまり、しどろもどろになってしまった。

「べ、別に誰に何を言われたわけでも……」

なんてことだ。自分でも意識していなかったというのに、と内心慌てながら言い訳めいたことをだらだら喋っていた僕は、もしかしてカマをかけられたのかなと、今更気づいた。

「…………」

どうなんだろう、と顔を上げて部長を見る。

「何も言われていないのならよかった。僕のところには誰も何も言ってきてないよ」

視線をとらえたのに気づき、部長がにっと笑いかけてくる。

「……そうですか……」

カマかけだったのか、それとも本当に僕の顔が強張った結果なのかは読めなかったが、やはり部長は僕の一枚も二枚も上だな、と、僕は心の中で溜め息をついた。

部長は『何もきていない』と言っていたが、もしかしたら誰かが――姫宮かもしれないが、部長に僕を贔屓にしすぎだと意見をしたのかもしれない。

それを気にしていると読み――そしてそれが悩みの原因じゃないかと思い、部長はランチに誘ってくれたのかもな、と思いついたが、それを確かめる術《すべ》はなかった。

三十分ほどで食事を終え、僕たちはオフィスに戻ることになった。

出します、と言ったが、部長は当然のような顔をしておごってくれた。

「すみません……」

「いいんだよ。もらってる給料が違うんだから」

恐縮する僕に部長は陽気にそう言うと、返しに困るようなことまで言い出した。

「それに僕は独身だからね。扶養する家族もいないし、どんどんたかってくれてかまわないよ」

「……部長、結婚されないんですか？」

困った挙げ句、もしかしてタッチーすぎたかとあとから悔やむような問いをしてしまい、しまった、と僕は慌てて今、口にしたことを取り消そうとした。

「あ、すみません。なんでもないです」

「あはは、気を遣ってくれなくていいよ。結婚しないのは相手がいないからで、他に理由はないよ」

「……す、すみません」

明るく笑って答えてくれた部長に謝りながら僕は、自分がどんな答えを期待して今の問いを発したのか、それに部長が気づかないといいと祈っていた。

そう意識したわけではなかったが、僕は部長の口から彼がゲイであるという言葉が出るんじゃないかと予想していた。

それは単に部長が姫宮を好きなのでは、と思ったからというだけで、他にこれといった材料はない。

よく考えてみれば――そんなに考えなくても、もし部長がゲイであっても、僕相手にカミングアウトなんかするわけないのに、一体僕は何を考えていたのか、と自分自身に呆れてしまった。

変な汗をかいたあと、部長と連れ立ってオフィスまで戻ったが、フロアに戻る前に部長は、

「ちょっと寄るところがあるから」

と、エレベーターを別の階で降りた。

「ごちそうさまでした」

頭を下げて部長を見送ってから、彼はどこに寄るんだろう、とエレベーター内に張ってある各フロアの案内を見る。

部長が降りたのは人事や総務、それに法務部などが入っているフロアだった。

人事？　それとも法務？　用件はまさか、僕にかかわることじゃないよな、と案じたところで自分のフロアに到着し、席に戻った。

「何ごちそうになった？」

席についた途端、おごり前提で神谷さんが聞いてきたのに、

「きつねうどんです」

と正直に答えると、横から木場課長代理が、

「もったいないなー」

と残念そうな声を出した。

「天ざるでもおごってもらえばよかったのに」

「部長が天ざる、召し上がってましたよ」

「長瀬君、欲ないねえ」

「俺なら天ざるにカツ丼も食べてたところだ」

感心する二人に、別に遠慮をしたわけではないのだ、と僕は慌てて言い訳した。

「体調悪かったんですよ。そうじゃなかったら、僕も天ざるいってます」

「あそこの天ざる、美味しいよね」

神谷さんの一言で話題が『美味しい店』に逸れたことにほっとしつつ、暫く三人で雑談をしてから僕も仕事に戻ったのだが、その際、席にいた姫宮は一度もパソコンの画面から顔を上げなかった。

ちなみに愛田は外出で、課の四人が席にいた。同じような状況であっても姫宮のみが雑談に参加しないことはよくある。なのでそう気にすることはないのかもしれないが、昨日、部長の気遣いについてチクリと言われたこともあり、やはり僕は気にしてしまっていた。

しかしこちらから話しかけるのは、どうもハードルが高い、と躊躇しているうちにきっかけを失い、結局その日、姫宮と会話を持つことはできなかった。

翌日も姫宮との微妙な距離感は続いた。相変わらず姫宮の顔色は冴えず、金曜日には彼のいないところで、課員たちが皆して「課長は大丈夫か」と囁《ささや》き合うほどだった。

「体調悪いんですかって聞いたんだけど、そんなことないよ、で終わっちゃった」

そんなことなくないよねえ、と神谷さんがこそこそと告げる。

「食欲もないみたいだよな。昼も席にいるけど食べてないし」

木場課長代理も心配そうにそう言い、

「なんか様子、ちょっと変ですよねえ」

と愛田もまた、声を潜める。

「この間、僕に同行してくれるってアポ、忘れてたんですよ。僕が、じゃなく課長がアポ忘れることなんか今までなかったのに」

「お前も忘れるなよ」

お約束のツッコミを木場がしたあと、彼の視線がふいに僕へと向けられた。

「長瀬、なんか心当たりないか？」

「……すみません、特には……」

心当たりは勿論あった。が、それを皆に打ち明けることはとてもできなかった。

今、僕が付き合っている恋人の元カレが姫宮であり、その関係で彼は僕に嫌がらせをしていた。それを僕の恋人に指摘された。しかも彼が嫌がらせをしていることは、上司である小山内部長にも知られている節がある――これ以外に姫宮の様子が変である、その原因となり得るような状況はないだろう。

わかってはいても、どれ一つとして人に言うことじゃない、と口を閉ざした僕に木場は、

「まあ、そうだよな」

と頷いてみせてから、

「そういえば」

と何か思い出した顔になった。

「確か来週の月曜って、長瀬、姫宮課長と二人でD工業の接待だったよな？」

「あ、そうです」

そういえばそうだった、と、思い出したと同時に、憂鬱《ゆううつ》な思いが込み上げてくる。接待中はともかく、行き帰りに二人というのは、気まずいことこの上ない。

しかしそれを憂鬱などと言っていられないのがサラリーマンである。それで僕は、

「週が明けても課長の様子が変だったら、接待のあと、ツーショで飲みでも誘ってみてくれよ」

と言う木場課長代理に「わかりました」と頷いたが、姫宮は僕の誘いに乗らないだろうなと密《ひそ》かに溜め息をついた。

「ゴルフに来れば、いろいろ聞けたのにねえ」

神谷さんが残念そうに告げたあと、

「あ、もしかして」

と眉を顰《ひそ》める。

「別に明日、特別用事なかったりして。単に気が乗らないとかで」

「気が乗らない……ありそうだよな」

やっぱりおかしいよ、と木場課長代理と神谷さんが顔を見合わせている。

「明日、さりげなく部長に聞いてみようか」

神谷さんが言い出し「そうだな」と木場が答える。

「長瀬君も協力してね」

神谷さんにそう言われ「わかりました」と頷いたが、おそらく部長も二人には何も言わないだろうな、と僕は予測していた。

そんなこんなで土曜日になり、部長と木場課長代理、神谷さんと僕の四人は、部長のプライベートコースでゴルフを共にプレイした。

当初、車二台でいくはずだったのだが、神谷さんの車は旦那さんが使うことになったというわけで、結局部長の車一台で行くことになったのだった。

木場課長代理が車を出さなかったのは、神谷さん頼みだったため車検に出してしまったのだそうだ。部長に運転させることに僕たちは恐縮しまくったが、

「運転、好きだから気にしないで」

という言葉に、結局甘えてしまった。

僕としては、往復部長とそれこそ『ツーショット』になった場合、うどん屋でおごってもらったときのように、あれこれ追及されるだろうと覚悟していただけに、車中が四人になったことはありがたかった。

天候にも恵まれ、そしてさすが名門、というゴルフコースも体験できた土曜日のゴルフは純粋に楽しかった。

神谷さんは本当に、プロテストを受けたらどうですか、というくらいゴルフが上手で、やはりシングルプレイヤーの部長と二人、神様みたいなスコアで回っていた。

木場課長代理は言っちゃなんだが、僕とだいたい同レベルだったので、自然と二人ずつに分かれることとなり、僕にとっては部長とではなく木場課長代理と親交を深める日となった。

何事につけてもフリーダムな神谷さんは、ハーフを上がったときに既に生ビールを飲んでいた。

帰りも部長が運転することを思うと、木場課長代理も僕も遠慮してアルコールをとらなかったのに、さすがだ、と僕たちは顔を見合わせ、溜め息をついた。

それなら僕らが運転するので部長は飲んでください、と言ってもよさそうなものだが、部長の車が取引先自動車メーカーの中でも最高車種という超高級車だったため、僕も木場課長代理も、万一ぶつけたらどうしようと、ひよってしまったのだった。

結局、ハンデ込みで優勝したのは部長で二位が神谷さん、三位が僕で四位が木場課長代理だった。

「楽しかったー!!」

今期のベストスコアが出せたと神谷さんはご満悦で、帰りの車中でも一人ハイテンションだった。

渋滞にはまる前に、と、早くに帰ってきたものの、神谷さんが「せっかくだからみんなで打ち上げをやりましょう」と言い出し、一旦僕たちは部長のマンション――僕の住んでいるマンションでもあるが——で車を降り、車を置いてからマンション近くのレストランでグラスを合わせた。

部長以外、ゴルフバッグは自宅に送っていたし——部長と同じマンションではあるが、トランクに入れてもらうのも悪いかと思い、僕も皆が送るのと一緒に送っていた——身軽であったため移動は簡単だったし、何せ神谷さんのテンションが最高潮だったので、いつの間にか彼女の雰囲気に呑《の》まれ、僕たちも陽気に騒ぎまくってしまっていた。

話題は今日のゴルフのことが殆《ほとん》どで、前日に『それとなく姫宮課長のことを聞いてみよう』と言っていたことを、神谷さんも木場課長代理もすっかり忘れているようだった。

イタリアンテイストの居酒屋には六時前に入ったというのに、そろそろ閉店です、と店の人に告げられる十時半まで僕たちはそこで酒を飲み、わいわいと騒いだ。

「いっけなーい！　旦那に怒られる！」

相当酔っ払っていた神谷さんが慌てて立ち上がり、会計を、と店の人に頼む。

「ここはいいよ」

するとなんと部長がおごると言いだし、残りの三人は「とんでもない！」と首を横に振った。というのも、今回、プレイフィーが相当高いからと、ゲスト分の料金を部長が半分持ってくれていたのだ。

「ここくらい、僕らが出しますので」

木場課長代理が粘ったが、結局支払いは部長持ちとなってしまった。

金銭的負担どころか、車を出してもらい、その上フルで運転してもらっただけでも、忍びないというのに、最後の最後まで部長に世話になるとは、と、ダッシュで帰った神谷さん以外の僕と木場課長代理は冷や汗をかいていた。

いよいよ解散ということになり、比喩でもなんでもなく米つきバッタのように頭を下げながら木場課長代理がタクシーに乗り去っていくと、部長は僕を振り返り、

「帰ろうか」

と誘ってきた。

「思いの外遅くなったね。結局一日付き合わせることになってしまった」

「付き合わせるだなんてそんな……本当に今日はありがとうございました」

マンションまで徒歩にして約五分、部長と僕の間で交わされたのはそんな、社交辞令に毛が生えた程度の会話で、僕が案じたように彼の口から姫宮の名が出ることはなかった。

「それじゃ、お疲れ」

「お疲れ様でした」

今夜もエレベーターを僕が先に降りた。振り返り頭を下げた僕に部長が「お疲れ」と笑ったところで扉が閉まった。

やれやれ——部長も木場課長代理も、そして神谷さんも、みんないい人ではあるけれど、やはり多少の気は遣う。

姫宮課長の話題が出るのではと案じていた分、更に気を遣っていたので疲れたな、と僕は溜め息をつくと自分の部屋に向かい歩き始めた。

常に誰かが一緒だったため、桐生が来ているかどうか、電話で確かめる機会がなかった。

彼はもう、部屋にいるだろうか——普段なら少しでも桐生が部屋で待っている可能性があるとすればここで僕の歩調は速まるのに、今夜は逆に歩みが遅くなっているのがわかる。

電話をかけられなかった、というのも体《てい》のいい言い訳だった。かけようと思えば『ちょっと』と皆に断り中座してもよかったのだ。

だが、僕は決して桐生の来訪を疎んでいるわけではなかった。会いたい気持ちは勿論募っている。ただ、彼とこれから交わすであろう会話のひとつひとつが、なんとも気を遣うものになりそうで、そのことが僕の歩調を緩めていた。

言葉選びに失敗したくない。これ以上彼との間に微妙な空気を起こしたくない。

何かとんでもない地雷を踏んで、彼との関係が終わってしまったらどうしよう——そう、姫宮との関係が終わったように。

たったの一言で関係が終わるとは、当然僕も思ってない。そんな柔な絆しか二人の間に結ばれていないわけがない、とはわかっている。

それでも実際、桐生との関係が『終わった』相手を目《ま》の当たりにすると、不安にはなった。

しかも相手はあの姫宮だ。才色兼備――というのは女性を称《たた》える言葉かもしれないが、まさにそう賞賛されるのがぴったりな彼でさえ桐生に振られたという事実に、どうしても僕はこだわってしまっていた。

どんなにのろのろ歩こうが、マンションの廊下などすぐ隅から隅まで歩ききってしまう。到着した自分の部屋の前で僕はしばらくドアを見つめたあと、よし、と自分を奮い立たせドアチャイムを押した。

同時に鍵穴に鍵を刺し、ドアを開く。

『はい』

インターホンからは桐生の声が響いてきたが、そのときにはもう、僕は鍵を開け扉を開いていた。

「ただいま」

そう言いながらドアの中に入る。と、すぐに桐生はリビングから出てきて、靴を脱ぐ僕を出迎えてくれた。

「おかえり。飲んでるな?」

「遅くなってごめん。マンションの近くで打ち上げがあって」

呆れたように僕を見る桐生の態度に、普段と違うところはない。

疲れてはいるようで、少し痩《や》せたかな、と顔を見上げると、

「どうした？」

と手を伸ばし、僕の腰を抱いてきた。

「痩せた？」

「いや？」

「そう、疲れてるみたいに見えるけど」

「そうか？」

並んで廊下を歩き、リビングへと向かいながら、いつものように会話を交わす。

『いつものように』――桐生側はどうかわからないが、僕はできるだけいつもどおりであろうと努力をしていた。

「水でも飲むか？」

「うん、ごめん」

僕をソファに座らせたあと、覆い被さるようにして顔を近づけ聞いてきた桐生に甘えてみる。これもまた、敢えてしていることだ、などと考えてしまう自分がいやになる。

「待ってろ」

そんな僕の自己嫌悪に気づいているのかいないのか、桐生は笑って僕の額に唇を押し当てるようなキスをすると、キッチンへと向かっていった。

「…………」

リビングのテーブルを見ると、英文の書類が散乱し、モバイルパソコンが開かれたままになっていた。打ちかけのメールの画面を見ながら僕は、桐生がここで仕事をしていたことに少し違和感を持った。

この部屋で桐生が仕事をする場は書斎に限られていた。

オンとオフをかっちり分けることを好む桐生は、まず、土日に仕事を持ち込みたくないという考えをもっており、多忙でどうしようもない場合以外に、僕といるときは仕事をすることはない。

その多忙でどうしようもないときでも、仕事をする場所とくつろぐ場所はきっちり分けたいと言い、リビングで書類を広げるようなことはないのだ。

その彼がどうしたんだろう、と首を傾げたそのとき、桐生がキッチンからミネラルウオーターのペットボトルを二本手に戻ってきた。

「悪い。すぐに片づける」

僕がテーブルの上を見ていたのに気づいたようで、桐生が少しバツの悪そうな顔になる。

「別にいいよ。忙しいんだね」

ペットボトルを一本受け取り、キャップをひねりながらそう言うと、

「……まあな」

桐生は何か言いかけたあと、苦笑しつつ頷いてみせた。

またも奇妙な沈黙が二人の間に流れる。

「そうだ、今日、一緒にまわった神谷さんって事務職さん、すごいんだよ。女だてらにシングルプレイヤーなんだ」

何か話さなければ——強迫観念というほどのものではないが、沈黙を破ろうと僕は明るい口調で話題を振ったが、やたらとわざとらしくなってしまった。

「シングルか。すごいな」

相槌を打つ桐生もどこかわざとらしい。

「部長もシングルプレイヤーなんだ。今の部はレベルが高いよ」

「他に誰が来たんだ?」

尚も会話を続けようとした僕に、桐生がそう尋ねてきたのには、特に意図はなかったのかもしれない。

「え?」

だが勝手に『意図』を読みとった僕は、ここで絶句してしまった。

桐生は姫宮が僕の上司であることを知っている。彼のこの問いは、今日、姫宮が来たか否かを聞いているのではないか——僕が読みとった『意図』はそれだった。

「…………」

桐生には僕が何を考えているか、すぐにわかってしまったらしい。

彼もまた口を閉ざし、暫し僕を見ていたが、やがてすっと目を逸らすと、

「シャワーでも浴びてきたらどうだ？」

と微笑んだ。

「……うん、そうする」

答える自分の声が、酷く強張っているのが自分でもわかる。

「先に寝ててくれていいから」

そう言い残し、部屋を出る僕の背に桐生の、

「こんな時間から寝られるか」

と苦笑する声が響く。

軽口を叩いているはずの彼の声も硬いように感じると思いながら僕は、こんな不自然な状況は一体いつまで続くのか、と一人溜め息を漏らしたのだった。

5

僕がシャワーを浴び終えリビングに戻ると桐生の姿はなかった。

もしかして、と書斎を覗いたが彼はいない。となると、と最後に寝室へと向かうと、既に彼はベッドに入っていた。

「『こんな時間』とか、言ってたよね？」

揶揄しつつ僕も彼の隣に潜り込む。

「寝てないだろ？」

桐生が笑って僕の腰を抱き寄せ、濡れている髪をかき上げてキスをする。

「ん……っ」

身体の芯に欲望の炎が灯《とも》ったのがわかった。その炎を消すまいと僕は桐生の背にしがみついていった。

キスを中断し、桐生が僕からTシャツと下着を剝《は》ぎ取る。その後すぐ自分も裸になると再び僕に覆い被さり唇を塞《ふさ》いできた。

「ん……っ……んん……っ」

くちづけを交わしながら、せわしなく僕の胸を撫《な》で回す彼の愛撫に身を任せる。繊細な指先が乳首を抓《つね》り上げてきたのに、びく、と身体が震え、合わせた唇から声が漏れた。

男のくせに乳首を弄《いじ》られ、こうも昂《たか》まる自分が恥ずかしい。桐生と出会うまでは、自分の胸に性感帯があることすら知らなかったというのに――行為に集中しきれていないと、羞恥心が頭をもたげ、ついそんなことを考えてしまう。

いけない、集中しなければ――いつもはそんなことを考えるまでもなく、桐生の愛撫に我を忘れてしまうほど感じていくのに、変に意識をしているからか、なかなか快感の兆しを捕まえることができない。

感じてるふりをするなんて器用な真似は勿論できるわけがなく、ぎこちなく腕を桐生の背に回す。

「…………」

桐生は顔を上げ、一瞬何か問いたそうな顔をしたが、すぐにまた顔を伏せると僕の乳首を強く嚙んだ。

「痛っ」

痛みに思わず悲鳴が上がる。が、桐生は容赦なくまた、僕の乳首を嚙んできた。

嚙むだけではなく、もう片方の乳首も強く抓り上げる。

「やめ……っ」

堪《たま》らずまた悲鳴を上げたが、更に強い刺激を受け、閉じた瞼《まぶた》の裏に閃光が走った。

「や……っ……あっ……」

続いて乳首を甘嚙みされ、舐《ねぶ》られる。じいん、としびれたようになっていたそこは、ざらりとした舌の感触にもどかしさに似た感覚を覚え、自然と腰が捩《よじ》れてしまった。

身体に熱がこもり、息が乱れる。ようやく自分が快感の波に乗れたことに安堵する余裕は既になかった。

「ん……っ……きりゅ……っ」

胸を舐りながら桐生が手を伸ばし、僕の雄を握り込む。先端のくびれた部分を親指と人差し指の腹で擦《こす》り上げられ、直接的な雄への刺激に僕は急速に昂まっていった。

それがわかったのか、桐生は一瞬目を上げてにっと笑うと身体をずり下げ、僕の下肢へと顔を埋《うず》めてきた。

「やぁ……っ」

熱い口内を感じた途端、僕の背は大きく仰《の》け反り、唇からは高い声が漏れていた。

いつもながらの巧みな口淫を続けながら、桐生が指を僕の後ろへと伸ばしてくる。

竿《さお》を滴り落ちていた先走りの液で濡《ぬ》らした彼の指先が、つぷ、と後孔に挿入されたとき、またも僕の背は仰け反り、身体にこもる熱は一気に温度を上げた。

桐生が最初優しく、やがて乱暴なほどの強さで僕の中をかき回す。

「やっ……あっ……あぁ……っ」

いやらしい僕の声が室内に響きわたっている。こんな声を出すなんて、恥ずかしく思って当然なのに、更に恥ずかしいことに僕は自分のその声にますます欲情を煽《あお》られていた。

「あっ……もう……っ……もう……っ……いいから……っ」

いつの間にか三本になっていた桐生の指に、間断なく中を抉《えぐ》られ、そして前をくわえられ、今にも達しそうになっていた僕は、早くほしい、と桐生の髪を摑《つか》んだ。

「わかってる」

桐生が身体を起こし、にっと笑いかけてくる。

「……あ……っ」

唾液に濡れた彼の唇が艶《つや》めいて見え、酷くエロティックに感じられた。

それだけでもう、いきそうだと、ぎゅっと目を閉じた僕の心理を読んだのか、桐生がくすりと笑う声が頭の上で響く。

閉ざされた視界の中、彼の手が僕の両脚を抱え、腰を上げさせられる。煌々《こうこう》と灯る明かりの下で、僕の後ろはさぞ物欲しげにひくついているだろうと思うと、今更の羞恥がこみ上げてきたが、人として当然のその羞恥の念は桐生が逞《たくま》しい雄をねじ込んできた瞬間、一気に霧散していった。

「あっ……あぁっ……あっあっあっ」

いきなりはじまった激しい突き上げに、僕の身体はシーツの上で跳ね上がり、やかましいくらいの大声が口から放たれる。

内臓がせり上がるほどの勢いで僕に雄を突き立てる桐生の律動は、いつも以上にスピーディ、かつ力強いものに感じられ、あっと言う間に僕を快楽の絶頂へと導いていった。

「あつ……っ……あつい……っ」

喘《あえ》ぎながら、自分でも意味を意識していない言葉を叫んでしまう。

熱い、というのは多分、肌も血液も、脳までもが沸騰するほどに熱く、どこかで熱を放出しないとおかしくなってしまう、という気持ちから出た言葉だったと思われる。

燃え尽きてしまうほどの熱は、僕に強度な快感と共に恐怖に似た感情をも呼び起こし、気づけば救いを求める視線を桐生へと向けていた。

「たすけ……っ」

快感による恐怖を与えている桐生に救いを求める矛盾に気づく冷静さがあるわけもなく、両手両脚でしっかりと彼の背にしがみつこうとした僕に、桐生は苦笑めいた微笑を向けると、律動のスピードを一段とあげた。

「やぁ……っ……もう……っ……もう……っ……あーっ……」

身体の熱が更に増し、助けて、とまた桐生を見上げる。と、桐生は今度ははっきり苦笑してみせたあと、抱えていた僕の片脚を離した。

その手を二人の腹の間に差し入れ、勃《た》ちきり先走りの液でべたべたになっていた僕の雄を握った。

「あーっ」

一気に扱《しご》き上げてくれたおかげでようやく僕は達し、白濁した液を桐生の手の中にこれでもかというほど飛ばしていた。

「……っ」

射精を受け、僕の後ろが激しくひくついて桐生の雄を締めあげたようで、その刺激に桐生も達したらしい。彼が低く声を漏らし、伸び上がるような姿勢になったと同時に、中にずしりとした精液の重さを感じた。

「ん……」

その感覚を得た瞬間いつものように満ち足りた思いが胸に溢《あふ》れ、目を閉じ息を漏らした僕の額に、瞼に、鼻に、頬《ほお》に、桐生が細かいキスを何度も何度も落としてくれる。ますます満ち足りた気持ちになっていた僕の耳に、桐生が微《かす》かに溜め息をついた、その息の音が響いた。

「…………」

はっとし、目を開けると、じっと僕を見下ろしていたらしい桐生と目が合ってしまった。

「……あ……」

どうしたの、と問いかけるより前に、桐生が気まずそうに目を逸らす。

「………」

今まで火照《ほて》っていた身体から、すっと熱が冷める気がした。共に快感を追求している間には忘れていたぎこちない空気が、また二人の間に流れ始めたように感じる。

「……寝るか」

ふっと桐生が笑い、僕の隣に横たわると、いつものように腕枕をしてくれた。少し汗ばんだ彼の逞しい胸に頰を寄せ、規則正しい鼓動に耳を澄ませる。

いつもであれば、この上なく充足感を得るはずのその体勢も、今日はどこか居心地が悪くさえ感じられる。

どうして桐生は溜め息を漏らしたんだろう——行為の最中、彼に変わったところはなかったと思う。

いつものように僕を激しく求め、達したあとには優しくキスを落としてくれた。普段と何一つ変わったところはなかったと思うのに、それは彼の演技だったのだろうか。

「………」

顔を上げ、桐生の表情を見たい衝動が芽生えたが、その勇気はなかった。いつもとは確実に違う状況にあることに、気づいてしまったからだ。

一週間ぶりの逢瀬となる週末の夜のセックスが、一度達し合っただけで終わったことなど、今まで一度もなかった。

吐き出せるだけ精を吐き出し、泥のように眠る——途中で意識を飛ばしてしまうこともよくあるというのに、桐生は今夜一度しか僕を求めてこなかった。

何か理由があってのことなのか。それこそ、疲れていたとか？　若しくはゴルフ帰りの僕が疲れていると思いやってくれたとか。

抱き合った感じ、桐生が疲れているようには思えなかった。僕もまた、疲労困憊《こんぱい》、といった態度は取らなかったように思う。

桐生は確かに、何も僕が言わずとも気を遣ってくれることはあるが、今夜はそうじゃない気がしていた。

心なしか、いつもは規則正しく打っている彼の鼓動が、今日は少し乱れているように感じる。僕同様、彼もまた眠れずにいるのだろうか。顔を見上げ、そのことも確かめたい気持ちが募ったが、やはり勇気は出ず、どこよりも居心地のいいはずの彼の腕の中で僕はその夜、眠れぬ夜を過ごした。


翌朝、目が覚めると隣に桐生はいなかった。いつものように僕のために朝食の支度をしてくれているのだろうかと思いながら起きだし、服を身につけてリビングへと向かう。

「おはよう」

予想どおり桐生はすでに朝食を作り終え、ダイニングテーブルでコーヒーを飲んでいた。

僕の姿を認めると、

「やっと起きたか」

と笑いかけてくれたが、やはりそこには『作った』感があるように思えた。

「毎度ごめん」

そう言う僕だってやっぱり笑顔を作っている。

今週もまた、二人して居心地の悪い時間を過ごすのはもう決定だな、と僕は密かに溜め息をついた。

その日は特に何をするという予定はなく、僕と桐生は殆ど家の中で共に過ごしていた。

ソファに座り、一緒にゴルフ番組を観る。

僕は床に座って桐生の膝《ひざ》に頭を乗せ、桐生はそんな僕の髪を弄《もてあそ》びながら、文庫本を片手に番組を時々観ては、今のショットはどうだの、彼のフォームは見習ったほうがいいだのと僕にアドバイスをしてくれた。

距離はこんなに近いのに——髪をすいてくれる彼の指の感触はこんなにも優しいのに、今、二人の心は酷く遠いところにあるような気がする。

いや、『遠い』のではなく、二人の間に何かが立ち塞がっている感じだ。と、密かに溜め息をつく僕には、その『何か』がなんであるかもわかっていた。

桐生も多分、わかっているんだろうとは思う。それでも彼が『そのこと』に触れてこないのは、僕が聞きたくないと思っていることを察しているためだと思われた。

二人の間に今立ち塞がっている壁――桐生が過去付き合っていたという姫宮の綺麗な顔が頭に浮かび、僕をいたたまれない気持ちへと追いやっていく。

終わった関係に拘《こだわ》ることなどない。頭ではそうわかっていても、どうしても拘ってしまう自分が嫌になる。

いい加減にこの微妙な空気をなんとかしないと、それこそ僕と桐生の関係だって危うくなってしまう。それもまた、わかっていることなのに、『なんとかする』手段は一つも浮かばなかった。

夕食を食べがてら、僕は桐生を名古屋駅まで送っていった。いつもであれば、食事よりも二人で抱き合う時間を優先させたいと、家で適当にすませ、ぎりぎりまでベッドにいるのだが、今日は桐生の足も、そして僕の足もベッドから遠のいていた。

名古屋駅近くのベトナム料理店で食事をし、いつものように新幹線のホームで桐生を見送る。

「来週は僕が行くから」

「まあ、それはまた週末にでも決めよう」

桐生が笑い、周囲を見回したあと僕の頬に掠《かす》めるようなキスをした。

「……もう」

既に恒例となっているこの『行事』がなされたことに心の中でほっとしつつ、いつものように彼を睨む。

「人に見られたらどうするんだよ」

「俺は見られてもかまわない――が」

いつもは『見せつけてやろう』くらいのことを言う桐生がここで少し言葉を途切れさせる。

「え？」

何、と問い返そうとしたとき、新幹線がホームに入ってきて、桐生の言葉をかき消した。

「…………な」

「なに？」

よく聞こえなかった、と彼に顔を寄せる。

「ここはお前の『ホーム』だからな。迷惑がかかるかもしれない」

「そんなこと……」

ないよ、と言いかけたときに扉が開き、桐生はすぐに乗ってしまった。

「それじゃあ」

名古屋駅の停車時間は短い。すぐに乗車するのはそのためだとはわかっていたが、それでも何か釈然としない思いは残った。

「また来週に」

「ああ」

僕がかけた声に桐生が笑顔で頷く。直後にドアが閉まり新幹線は発車していった。

「………」

あっという間に見えなくなった新幹線を見送る僕の口から、大きな溜め息が漏れる。

いつも、二人で過ごせる時間が終わるこの瞬間、溜め息を漏らすのは常だが、それはこの一週間、桐生なしで過ごすことを辛いと思う、寂しさゆえの溜め息だった。

だが今の溜め息は、どう考えても居心地の悪い時間が終わったことへの安堵の溜め息だ。

このままじゃいけない――改めてそう思いながらも、それにはどうしたらいいのかという考えは少しも浮かんでこない。

来週末は共に過ごせるが、再来週にはもう桐生は米国出張が決まっていた。米国には三週間滞在するという。今のこんな状態のまま、桐生とひと月近く会えない状態が続いた場合、二人の関係はどうなってしまうのだろう。

不安が胸に立ちこめてくる。

「……本当になんとかしないと……」

思わず呟《つぶや》いた僕の耳にはそのとき、昨日抱き合ったあとに聞いた桐生の抑えた溜め息の音が響いていた。

翌日、出社すると席にいたのはいつも早い時間から来ている姫宮課長だけだった。

「おはようございます」

「おはよう」

相変わらず課長の顔色は悪く、僕に向けてきた笑顔も無理に作っているように見えた。すぐに僕から目をパソコンの画面に移し、物凄い勢いでキーボードを叩き始める。

『忙しい』アピールは話しかけるなという意思表示だろうと判断し、僕もパソコンを立ち上げたところで愛田が、

「おはようございます」

と出社してきた。

「おはよう」

「おはよう」

課長と二人、殆ど同時に彼に挨拶を返す。

「あ、長瀬さん。ゴルフ、どうでした？」

屈託なく声をかけてきた愛田に、

「面白かったよ」

と答えを返し、そうだ、部長に礼を言いに行かなければ、と席を見やったが、部長席に彼はいなかった。

WEBで予定をチェックし、直行であることに気づく。

「やっぱりゴルフ、はじめといたほうがいいですかね。接待ゴルフなんて、僕たちが管理職になる頃には廃《すた》れてると思ったんだけど、そうでもなさそうだし」

愛田が今時の若者らしい発言をするのに、

「どうかな」

と僕は適当に相槌を打っていたのだが、愛田は愛田なりに気を遣っていたようで、

「姫宮さん、どう思います？」

と話題を不意に彼に振った。

先週から姫宮の様子がおかしいことを気にしていた彼は、これで反応を見ようとしたと思われる。

「……どうだろうね」

姫宮は一瞬だけ顔を上げたが、いかにも興味がなさそうにそう答えるとまた視線を画面に戻してしまった。

「…………」

愛田が、やっぱり様子、変ですよね、というように僕を見る。

「…………」

姫宮は確かに『孤高の人』とでも言おうか、皆でわいわい騒いでいるときにその輪の中に入ってくることはそうない。が、話題を振られたら今のような返しをすることなく、話にちゃんと参加はしていた。こと、部下の相談には親身になって乗ると聞いていたのだが、と僕も愛田をこっそり見返し、二人して肩を竦めた。

昼休み、またもランチは別にとるという姫宮を残し、僕と愛田は木場課長代理に連れられ、近所の定食屋でテーブルを囲んだ。

「どう見ても様子、変だよな」

「ええ、先週より悪化してます。気のせいかやつれてませんか？」

近くのテーブルに会社の人がいるかもしれないという理由で、こそこそと会話を交わす木場課長代理と愛田が、同意を求めるように二人して僕を見る。

「……そうですね」

確かに、少し痩せたように見えると頷くと、

「やはりここは」

と木場課長代理が僕の肩を叩いた。

「今夜の接待のあと、課長を二次会に誘ってそこで話を聞く。いいな？」

「……誘いますが、来てくれますかね？」

今朝から僕は課長とまったく会話をしていなかった。他の人に対するより、僕への態度は殊更《ことさら》固いような気がするのは、おそらく気のせいではないと思う。

それに木場課長代理も愛田も、そして神谷さんも気づいていないことには、ある意味ほっとしていたが、僕が誘ったところで課長が誘いに乗るとは思えなかった。

「相談があるとかなんとか言うのはどうでしょう」

「自分の悩みを先に打ち明け、ところで課長は、と振るか。いいんじゃないか？」

愛田の提案に木場課長代理が賛同する。

「相談って何を相談すれば……」

「ないのか？　悩み。俺が考えてやろうか？」

「課長の悩みにシンクロするようなものがいいんじゃないでしょうかね。より打ち明けやすくするように」

「ああ、そうだな」

もともと木場課長代理と愛田は気が合うようなのだが、今や二人は当事者である僕をそっちのけにして、僕の『悩み』を考え始めた。

「東京に戻りたい、とか？」

「ああ、そうか。課長もそろそろそういう時期だよな」

愛田の言葉に木場課長代理が頷く。そういえば、と僕は彼に前から気になっていたことを問うてみた。

「あの、姫宮さんっていつから名古屋なんですか？」

「三年前だったかな。自動車本部で名古屋方面に力を入れるって、全社的になったことがあっただろ？　そのときに鳴り物入りで来たんだが……」

と、ここで木場課長代理が何かを言いかけ口を閉ざす。

「なんです？」

僕も気づいたが愛田もまた気づいたらしく、どうしたんだ、というように彼を見た。

「あー、いや、当時の噂を思い出したんだ。ただ信憑性《しんぴょうせい》があるんだかないんだかわからない、単なる噂だから」

「なんですか？　隠されると気になるなあ。嘘かもしれない噂ってことですよね。なんなんです？」

木場課長代理は体育会系で、上下関係に厳しいタイプに見えるのだが、愛田はそれを感じないらしくガンガン突っ込んでいく。

「……本当にただの『噂』だからな？」

木場課長代理が根負けし、ようやくその『噂』を教えてくれるまでにそう時間はかからなかった。

「いくら全社的に力を入れてるといっても、本社から名古屋への転勤はどうしても左遷というイメージがあるだろう？　それで出た噂だと思う」

「前置きはいいですって」

待ちきれない、と突っ込みを入れた愛田にはさすがに腹が立ったのか、木場課長代理はじろりと彼を睨んだが、愛田はまるで気にする素振りをみせず、

「で？」

と続きを促す。まったく、と木場課長代理は呆れたように溜め息をつくと、話の続きをし始めた。

「それで、姫宮課長にも左遷説が出たんだ。東京で大きなポカやって、それで飛ばされてきたんだろうって。確かにその頃、中国との取引で、契約書のチェックミスからかなりの損失を出した案件があって、それが姫宮課長の所属していた部署だったんだよな」

「えー、そしたら課長はその責任を取らされて飛ばされたってことですか？」

愛田が心底びっくりしたように大きく目を見開く。

「姫宮課長、化学品からの異動だっただろう？　まったく別部門からなんで来たんだ、という疑問の声も上がっていたので、その噂がまことしやかに回っていた時期もあった……が、実際、優秀だからな。やはり『鳴り物入り』だったんだろうってことで、いつの間にか噂は

立ち消えになったよ」

「あー、だから僕、知らないんですね」

初耳でした、と愛田は言い、ねえ、というように僕を見る。

「僕も初耳です」

「だから言ったろ？　信憑性のない噂だって」

聞きたがったのはお前たちだからな、と木場課長代理は愛田と、そして別に聞きたがってはいなかった僕を軽く睨むふりをすると、

「会社関係の悩みは『東京に帰りたい』で、プライベートはどうする？」

と話を『僕の』の悩みに戻した。

「結婚とかですかねえ」

あの年代だと、と愛田が首を傾げる。

「長瀬みたいに遠距離恋愛してるとか？　にしてはまったくその気配が見えないよな」

木場課長代理はそう唸《うな》りつつも、

「まあ、遠恋で一つ、いってみるか」

と簡単に決めてしまった。

「姫宮課長と恋の悩みっていうのが、イマイチ結びつかないんですが……」

愛田が不満げに口を尖らせる。

「他に心当たり、ないだろうが」

「うーん、たとえば親の介護とか？」

またあれこれと考え始めた二人を前に僕は心の中で、その『恋の悩み』こそが正解なのではないかと考えていた。

そうでなければ僕に対し、嫌がらせをしていたことが上司である部長に、ひいては人事にバレたこと、そのどちらかではないかと思う。が、そんな彼の『悩み』を木場課長代理や愛田に告げることはさすがにできなかった。

「がんばれよ。長瀬。すべてはお前にかかっている」

木場課長代理が、がしっと僕の肩を摑み、頼んだぞ、と顔を覗き込む。

「長瀬さん、頑張ってください」

長瀬さんならできます、と本人は気づいていないだろうが上から目線な発言をしつつ、愛田も頼もしげに僕を見つめる。

「……が、頑張ります……」

姫宮が僕の誘いに乗る確率は百万分の一にも満たないだろう。誘うどころか、接待場所までの間の会話にすら困っているというのに、と思いながらも僕は、一応二人の前ではやる気を見せておかねばと、無理矢理笑顔を作り、拳《こぶし》を握ってみせたのだった。

6

接待場所までの移動中、姫宮《ひめみや》とは気まずいだろうなと案じていた僕の悩みは杞憂に終わった。姫宮が四時頃から外出し、店で合流となったためだ。

助かった、と思わなかったというと嘘になるが、完璧に避けられているなという自覚が改めて芽生えた。

接待の席上では大丈夫だろうかと不安になったものの、その悩みも杞憂だった。さすが仕事ができると評判が立つだけあり、客の前で姫宮は実に明朗快活で、日中とのあまりのギャップに唖然《あぜん》としてしまうほどだった。

「いやあ、本当に姫宮さんは頼りになる」

これからも宜しくお願いしますよ、とD工業の部長はすっかりご満悦だった。

「お任せください」

にっこりと微笑《ほほえ》んでみせる姫宮は、綺麗《きれい》なだけでなく酷《ひど》く頼もしく感じられ、ますますD工業の部長がご満悦となったあたりで、今日の会食はお開きとなった。

既に支払いは済んでいる。課長に目で合図され、僕は用意していた手土産の菓子折を先方の二人に渡し、店の前で彼らがタクシーに乗り込むのを見送った。

「ありがとうございました」

タクシーの扉が閉まり、走り去っていくのを、車体が見えなくなるまで見送る。ようやく尾灯が視界から消え、やれやれ、と思ったそのとき、横で姫宮課長が溜《た》め息《いき》をつく音が聞こえた。

「お疲れ様でした」

声をかけ、顔を見やると姫宮は本当に疲れ果てた表情をしていた。適度に酒を飲んでいるはずなのに顔色も悪い。

いかにも体調が悪そうな姿を見てしまっては、木場《きば》課長代理や愛田《あいだ》にはあれだけ言われたが、やはり二次会に誘うのは躊躇《ためら》うな、と思っていた矢先、不意に姫宮が僕を見た。

「……っ」

視線が合ったことに動揺し、思わず目を逸《そ》らせてしまってから、いけない、とまた彼を見る。

「長瀬《ながせ》君、このあと、少し時間あるかな？」

再び目が合うと姫宮は、青い顔のまま僕にそう微笑みかけてきた。

「はい？」

一瞬、何を言われたのかわからず問い返してから、すぐ、もしや向こうから二次会を誘ってくれているのかと気づく。

「……はい、空いてます」

「少し、飲まないか？」

慌てて頷《うなず》くと、またも姫宮がにっこり笑って、思ったとおり二次会に誘ってきた。

「あ、はい」

そのとき、なんとなく嫌な予感はしたのだ。が、それを理由に断ることはできなかった。他の課員たちに頼まれていたせいもあり、僕は姫宮の誘いに乗ることにした。

「よかったらウチで飲まないか？」

了承した僕に、姫宮が思いもかけない言葉を口にする。

「え？」

またも絶句してしまったが、自宅はちょっと、と断ることはやはりできなかった。胸の中でますます嫌な予感が広がっていく。

「それじゃあ、行こう」

姫宮がまた、にっこりと笑ってそう告げ、先に立って歩き始めた。花のような微笑は確かに美しかったが、彼の目は少しも笑っていない。

断るべきだったんじゃないかと後悔しながらも僕は姫宮のあとに続き、彼が停《と》めたタクシーに共に乗り込んだのだった。

姫宮の家は、僕の家とそう離れていない、東山動植物園近くの瀟洒《しょうしゃ》なマンションだった。

「どうぞ」

九階建ての、彼の住居は八階で、見た感じ1LDKのようだ。LDK部分はかなり広く、窓からの見晴らしはよかった。いかにも姫宮らしいシックなインテリアの中、お金がかかっていそうなホームシアター一式が目を引く。

テレビも画面が大きいな、と思わず注目していた僕は姫宮に、

「いきなり誘って悪かったね」

と声をかけられ、はっと我に返った。

「いえ、そんな。それより素敵な……」

愛想笑いを返し、部屋を褒めようとした僕の言葉にかぶせ、姫宮の涼やかな声が響く。

「外の店でもよかったんだけど、あまり人には聞かれたくない話になりそうだから、ね」

「……え……？」

どうやら『嫌な予感』はあたったらしい、と思いつつ姫宮を見る。

「ともかく、座ってくれ。今、酒を持ってくるよ」

ワインでいいかな、と姫宮は微笑み、僕の返事を待たずにキッチンへと消えた。

「………」

一体どんな『話』をしようとしているのか——華奢《きゃしゃ》な後ろ姿を見つめたが、勿論《もちろん》彼の心など読めるわけがなかった。

「座っていてと言ったのに」

ワイングラスと赤ワインのボトルを手に、姫宮はすぐに戻ってきた。

「すみません……」

「さあ、どうぞ」

姫宮に促されソファに座ると、彼も僕の隣に腰を下ろし、既に栓を抜いてきたらしいワインをテーブルに置いたグラスに注いでくれた。

「乾杯しよう」

相変わらず顔色は悪いのに、姫宮の口調も態度も陽気に見えた。

「あ、はい」

何に対しての『乾杯』だ、という思いが顔に出てしまったのか、グラスを手にした姫宮がくすりと笑い僕を見る。

姫宮が僕の心を読んだわけではなかったことは、続く彼の言葉からわかった。

「そんな顔、しなくても大丈夫だよ。毒なんて入っていないから」

「ええっ!?」

毒入り、なんてことは欠片《かけら》ほども考えていなかったため、意外さから大声を上げた僕を見て、姫宮が高く笑う。

「だから毒など入っていないんだってば」

「い、いえ、そうじゃなくて……」

図星をさされたんだろう、と言いたげな彼に僕は慌てて言い訳をしようとしたのだが、姫宮は最初から僕の話など聞くつもりはないようだった。

「そういうわけだから。ほら、乾杯」

グラスを掲げ、僕にも手に取れと目で促してくる。

『毒』などと言われては、さすがに飲むのを躊躇ったが、本気で入れるわけがないかと思い直しグラスを持ち上げる。

「乾杯」

「乾杯」

よし、というように姫宮が微笑み、僕のグラスに自分のグラスをぶつける。チン、という高い音が室内に響いた次の瞬間、姫宮はまるで水か何かのように手にしていたグラスの中身を一気に呷《あお》った。

「……っ」

いきなりの所作に僕はびっくりし、まじまじと彼を見てしまったのだが、空いたグラスをそのままにしておくわけにはいかない、とグラスを下ろし、ボトルを手に取ろうとした。

「いいよ。自分でやるから」

だが姫宮は僕を制し、自分でまた赤ワインをグラスに注いでしまった。飲み方は乱暴だったが、そんな仕草も、そしてワインの注ぎ方も、実に優雅だ、と、つい見とれてしまう。

「君も飲むといい」

僕の視線をきっちりと受け止め、姫宮はそう微笑むと、ほら、というようにボトルを僕へと向けてきた。

「まさか本気で毒が入っていると思っているわけじゃないだろう？」

「まさか！」

だから飲まないと思われては堪《たま》らない、とグラスを口へと持っていった僕を見て、姫宮はまた笑ったが、それはどう見ても人を馬鹿にした笑みだった。

「さあ」

グラスの半分くらいを空けた僕に、姫宮がボトルを差しだす。仕方なくグラスをテーブルに下ろすと、くすくす笑いながら姫宮がワインを注いでくれた。

「長瀬君は、ワイン、好き？」

「……ええ、まあ……」

嫌いではないが、正直、特別好きかと言われると頷くのを躊躇われた。だが、ワインをご馳走になっているのに、そう答えるわけにもいかず言葉を濁した僕を姫宮が真っ直《ます》ぐに見据え口を開く。

「僕はあまり好きじゃなかったんだけど、隆志《たかし》がワイン通だろう？　それで詳しくなったんだ。このワインも隆志が好きな銘柄だよ。君も飲んだこと、あるんじゃないかな？」

「……っ」

さらりと告げられた言葉の中に、いきなり桐生《きりゅう》の名が——しかもファーストネームが出てきたことに、はっとし息を呑《の》む。姫宮は僕が気づいたことを確認したように、ニッと笑うと、自分のグラスにもまたワインを注ぎテーブルから取り上げた。

「もう一度乾杯しようか。桐生隆志に」

「………」

挑発されているのはわかった。姫宮は笑顔だったが、燃えるようなその目はしっかりと僕を睨《にら》んでいる。

ここで『そうですね』とグラスを取り上げる勇気などあろうはずがなく、僕はまるでヘビに睨まれた蛙さながら、その場で固まってしまっていた。

「それにしてもこの間は驚いたよ。彼に——隆志に会ったのは三年ぶりだった。相変わらずセンスの良いスーツを着ていた。着るものや持ち物に彼、うるさいよね。あれだけの容姿と体躯《たいく》の持ち主だったら、わからないでもないけれど」

ここでまた姫宮が、くす、と笑って僕を見る。

「長瀬君はあまり、ものに対するこだわりがないタイプなんだっけ？」

嘲《あざけ》りの色を目に滲《にじ》ませながら問いかけてくる姫宮に対し、未《いま》だに僕は返す言葉を持ち得なかった。

一体姫宮はどんなつもりで桐生の話題を出してきたのか。目的はなんなのか。意図が読めない上で相槌《あいづち》は打てない、と彼を見る。

「そんな怖い顔、しないでくれよ」

姫宮はわざとらしく肩を竦《すく》めると、またグラスのワインを一気に空け、ふふ、と一人笑いを漏らした。

「こんな風に飲むと隆志に、少しは味わえって怒られたものだった」

「………」

またも桐生の名前が出たことに、自然と唇を噛《か》んでしまっていた僕に対し、姫宮は再度嘲るように笑ってみせたあと、思い出し思い出し、といった感じでぽつりぽつりと話を始めた。

「隆志の指導員が僕の友人でね。合コンで一人急にメンバーが欠けた、そのピンチヒッターとして彼が隆志を連れてきたんだ。ゲイばれしたくなくて、いやいや参加していた合コンだったが、行っていなかったら隆志とは出会えなかったと思うと、誘ってくれた同期に感謝したよ」

ふふ、と姫宮が笑い、相変わらず言葉をなくしていた僕の顔をちらと見る。ああ、次に彼が口にする言葉に、きっと僕は傷つく――わかっているのに、耳を塞《ふさ》ぐこともできず、僕はただ姫宮を見返していた。

「飲んでいる最中から、僕も――そして多分隆志も、女の子なんて目に入ってなかった。アイコンタクトなんてしなくても、一次会が終わったあとは二次会に行かず、二人してそのままホテルに直行した」

やはり――当たって欲しくない予想ほど、よく当たる。僕の脳裏には今、桐生が姫宮の肩を抱きホテルの部屋に入ろうとしている幻の映像が浮かんでいた。

「隆志はラブホは嫌だといったので、シティホテルになった。潔癖症だなと笑ったら、こだわりだと笑い返されてしまった。男を抱いたのは僕が初めてだと言ってたけど、普通に上手《うま》かったよ。そして激しかった。彼と一度やると、他の男じゃ満足できなくなる。そう思わないか？」

「…………………」

姫宮が悠然と僕に微笑みかけてくる。今聞いた話の一つ一つがぐさぐさと胸に突き刺さり、僕は今、何も考えられなくなっていた。

桐生にとって初めての男性体験が姫宮だった――一番のショックはそれだった。

最初から手慣れたセックスをしていたというが、姫宮とのセックスで学んだことも多いのではないか。それを今、桐生が僕に実践していると思ったらもう、我慢ができなくなった。

「何もかもが上手いよね。キスも上手いし、愛撫も絶妙だ。最初に抱き合ったときから、どこが感じるかということを僕以上に把握してくれていた。しかも濃厚で、丁寧で、本当に言うことなし、という感じだよね？　君に対してもそうだろう？」

「……やめてください……」

これ以上、聞きたくない——その思いが言葉となって唇から零《こぼ》れ出た。

「やめる？　何を？　隆志のことを話すことをかな？」

姫宮がわざとらしく問い返してくる。

「別にいいじゃない。新旧恋人同士で、隆志のセックスについて話そうよ。彼、しつこいでしょう？　一度のセックスで三回はいかされるよね。もうカンベンしてほしいっていっても挿入してくる。挿《い》れたまま寝ようって言われたときには、後ろが壊れるかと……」

「やめてくださいっ!!」

もう無理だ、と思ったときには僕はそう叫び、立ち上がっていた。グラスをテーブルにたたき付けるようにして置いたせいで、なみなみと注がれていたワインが零れ、白いラグを濡《ぬ》らす。

シミをつけてしまって申し訳ない、という、常識的な判断すらできない状態だった僕は、立ち上がった勢いでそのまま部屋を駆け出していた。

背中に高く笑う姫宮の声が刺さる。その声に耳を塞ぐと、靴など半分くらいしか履けてない状態のまま玄関を駆け出し、エレベーターへと向かった。

すぐにやってきた箱に飛び乗り、一階のボタンを押す。箱の中が無人だったのをいいことに僕は、エレベーターの壁に背中を預け、耳を塞いだ状態のまますずるずると座り込んでしまった。

『何もかもが上手いよね。キスも上手いし、愛撫も絶妙だ』

『一度のセックスで三回はいかされるよね』

『挿れたまま寝ようって言われたときには、後ろが壊れるかと』

他人と桐生とのセックスの状況など、決して聞きたくはなかったというのに、いくら耳を塞ごうとも姫宮の声は頭の中でラウンドし、少しも消えていってくれない。

一体なぜ、姫宮が桐生との閨《ねや》での様子を僕に聞かせたのか。僕への嫌がらせだとしたら、百パーセント――いや、千パーセント有効だ、と大きく溜め息をついたそのとき、がくん、と箱が揺れ、一階に到着したことを知らされた。

立ち上がり、エレベーターを降りてエントランスから出る。ここから家に帰るにはどうしたらいいのか、道がまるでわからなかったため、タクシーを求めて大通りまでの道を歩く最中も、ともすれば僕の手は自身の両耳へと向かいそうになっていた。

これから桐生とセックスをするたびに僕は、今の姫宮の言葉を思い出すに違いない。脳裏には姫宮の綺麗な顔が浮かび、彼の笑い声が耳に蘇《よみがえ》るのだろう。

いやだ。そんなことに耐えられるわけがない。叫び出しそうになるのを堪《こら》え、少しでも早く姫宮のマンションから離れようとひたすら歩く。

ようやく大通りが見えてきたのに、これでタクシーを拾える、とほっとしたと同時に、確か一万円札しか持っていなかったんじゃなかったか、と思い出し財布を出すのにポケットを探った僕は、ワイシャツの胸ポケットに入れていた携帯電話がないことに今更ながら気づいた。

「……え……？」

どうして、と慌ててポケットというポケットを探るが、やはりどこにも入っていない。店を出たあと、タクシーの中で姫宮が着信をチェックするのにあわせ、僕も携帯を取り出し、メールをチェックした。

また、ポケットに戻した記憶はある――ということは、姫宮の家で落とした可能性が高い。

そうわかった瞬間僕は足を止め、今来た道を振り返った。

戻ろうか。それとも明日、姫宮に携帯が部屋に落ちていなかったか聞けばいいか。心情的には戻りたくない。叫んで飛び出してきてしまったから――というより、これ以上彼の口から桐生の話を聞きたくなかったためだった。

もう、明日でいいか、と再び大通りを目指した瞬間、もしかしたら姫宮に携帯を見られるかもしれない、という考えが浮かんだ。

面倒がって、ロックなどしていない。メールも写真も見放題の状態にある。桐生からきたメールも読まれるかも、と思ったときには僕は踵《きびす》を返し姫宮の家に向かって駆け出していた。

携帯に入る桐生からのメールは短文ばかりだ。一番多いのは『了解』の二文字じゃないかとはわかっていたが、その二文字のメールでさえ、姫宮に見られるのは嫌だった。

考え事をしていたからあまり意識していなかったが、僕は随分な距離を歩いていたらしく、ようやく姫宮のマンションが見えてきたときにはすっかり息が切れていた。すぐ前にいた、どうやら住民と思しき人がオートロックを解除し中に入っていくのに便乗して建物内に入り、その若い男と共にエレベーターに乗り込む。

息を乱している僕を見て、彼は怪訝《けげん》そうな顔になったものの、かかわり合いになるのは面倒とでも思ったのか三階で降りるまで声をかけられることはなかった。

八階に到着し、姫宮の部屋を目指す。ドアチャイムを鳴らしたが応答はなかった。

「…………」

入浴中か。それとも寝てしまったのか、と何度か鳴らしてみたが、反応はない。諦《あきら》めて帰るしかないか、と思いつつも、何気なくドアノブに手をかけると、かちゃ、と音を立ててドアが開いた。

「……え？」

不用心だな、と思い、慌てて閉めようとしたが、そのとき僕の頭に、もしも姫宮が入浴中や就寝中だったら、彼に気づかれずに携帯を拾い、立ち去ることができるという、いけない考えが浮かんでしまった。

不法侵入だ。やるべきではない。接待の席で飲んだ酒で、少し酔ってはいたが、常識的な思考はまだ働いていたので躊躇《ちゅうちょ》はした。が、衝動を抑えることはできなかった。

さっき、本人に招き入れられたのだから、と言い訳にもならないことを心の中で呟《つぶや》きつつ、ドアを開いて中に入る。

「あの、姫宮さん、お邪魔します……」

靴を脱ぎながら一応声をかけたが、返事はない。が、短い廊下の先のリビングには明かりがついているようだった。

まだリビングにいるのだろうか。それとも明かりをつけたまま、バスルームか寝室にいるのか、とびくびくしながらリビングのドアを開け、室内を見た瞬間、頭からさーっと血の気が引いていくのがわかった。

「なっ」

衝撃が大きすぎて頭の中が真っ白になる。悪夢としか思えない光景が僕の目の前に広がっていた。

先ほどまでいたこのリビングに姫宮が倒れている。彼が酔って寝ているのではないということは、床に投げ出されたその手首から流れ出た鮮血が白いラグを真っ赤に染めていることからわかった。

「ひ、姫宮さんっ！」

慌てて駆け寄り、抱き起こす。顔色は紙のように白かったが、まだ息はあった。まずは救急車、と携帯を取り出そうとポケットを探り、なくしていたのだと今更思い出す。入り口のドア近くに姫宮の家の電話を見つけたので、そっと彼を床に再び寝かせ、電話に走った。

「も、もしもし」

救急車は一一〇番だったか一一九番だったかすら咄嗟《とっさ》には思い出せず、一度深呼吸をしてから一一九を押す。救急隊員に状況を説明し、住所を言おうとして、わからないことに気づいた。

「ええと……」

慌てて周囲を探し、電話の傍《そば》に置かれていた葉書に気づいてその住所を告げる。

「い、急いでください」

と電話を切ったあと、止血をしなくては、とようやく思いつき、また姫宮の元に走る。ちょうどいいものがなくて、自分のネクタイで腕の付け根を縛ったが、血は滴り続けていた。

その様を見るにつけ、どうしよう、どうしよう、と気ばかりが急《せ》いてまるで頭が働かない。

もう救急車を待つ以外、僕に出来ることはないのか、と天を仰いだそのとき、このことが会社に知られたら姫宮はどうなるんだ、という考えが浮かんだ。

「…………そうだ…………」

警察だって来るかもしれない。ニュースにもなるか？　会社名や姫宮の実名が報道されることになんてなったら、彼にとって大変なことになる。

誰かに相談を――と咄嗟に頭を働かせた僕の脳裏に、小山内《おさない》部長の顔が浮かんだ。そうだ、部長に相談しよう、と心を決めたとき、目の端にソファに落ちていた自分の携帯が過《よ》ぎった。

ここで落としていたのか、と拾い上げ部長の番号を呼び出す。反射的に腕時計を見て、間もなく十一時になるところだと知った。

この時間なら起きているだろう。頼む、出てくれ、と思いながら携帯から聞こえてくる発信音に耳を傾ける。

『はい、小山内』

部長は三回のコールで出てくれた。声を聞いた瞬間、張り詰めていた神経の糸が切れたようになり、僕は声を発することもできず、へなへなとその場に座り込んでしまっていた。

『あれ？　長瀬君だよね？　どうした？　酔っ払ってるのかな？』

状況を知らない――当たり前だ――部長が呑気《のんき》に話しかけてくる。すぐに知らせなきゃ、と思うが焦ってなかなか声が出ないでいた僕の耳に、遠く救急車のサイレン音が聞こえてき

た。

早くしなければ、と、ようやく落ち着きを取り戻すことができ、状況を部長に説明する。

「……い、今、姫宮課長の家なんですが、課長が手首を切っていて……」

『なんだって⁉』

僕の言葉は部長に相当衝撃を与えたようで、彼は大声を上げたあと一瞬絶句したが、すぐに自分を取り戻したらしい。

『救急車は呼んだのか？』

「は、はい。もうすぐ来るようです」

『わかった。搬送される病院がわかったらすぐ連絡をくれ。今、君は一人なのかい？』

「はい」

『それじゃ病院まで付き添ってくれ。いいか？　必ず連絡を入れてくれよ？』

「わ、わかりました」

部長の声に焦燥が現れているのがわかった。心配で堪らないだろうとわかるだけに僕は、病院がわかり次第すぐに連絡を入れると告げ、電話を切った。

姫宮の近くに戻り、真っ白な顔を見下ろす。

「………どうして………」

なぜ彼は手首を切ったのか――それを疑問に思ったわけではなかった。

僕はどうしてあのとき、部屋を飛び出してしまったのだろうと、それを後悔していたのだった。

もしもあのまま残っていたら、姫宮が手首を切ることはなかったかもしれない。たとえ切ろうとしても、止められたはずだ。

どうか取り返しのつかないことにだけはなりませんように――血だらけの床に横たわる姫宮を前に祈り続ける僕の耳に、次第に大きくなりつつある救急車のサイレン音が響いていた。

7

「長瀬君！」

明かりの消えた病院の待合室でぼんやりと座っていた僕の耳に、小山内部長の切羽詰まった声が響いたと同時に、駆け込んでくる彼の姿が目に飛び込んできた。

「部長……」

「……大変だったね」

息を切らせてきた部長は、立ち上がった僕の近くまでやってくると、ぽん、と肩を叩《たた》き笑ってみせた。

いつもは『ダンディ』という言葉がぴったりくる、決まりに決まった姿をしている彼の髪が乱れている。

それだけ慌てて来たのだろうと、結び目の崩れたネクタイをぼんやりと見つめていた僕の肩を、部長がもう一度叩いた。

「大丈夫かい？　ここはもういいから、家に帰って寝たらどうだ？」

「……大丈夫です……」

本当は、思考もまったく働いていないし、身体《からだ》も酷く疲れていた。それでもこの場から離れがたく思っている僕の心情を部長は正確に把握してくれたようだ。

「ともかく、座ろうか」

そう言い、僕が座っていたベンチに先に腰を下ろし、僕にも座るよう促してきた。

「姫宮君はもう、一般病棟に移ったんだよね。今は薬で眠っているのかな？」

「……はい……」

姫宮の傷は出血量は多かったものの思いの外浅く、発見が早かったこともあって大事には至らないということだった。

救急車内でそれがわかったため、僕は病院に到着してからすぐ、病院名と状況を部長に連絡した。

姫宮のマンション近くのこの総合病院は部長の顔がきくそうで、医師の処置が終わったあとすぐに入院の手続きがとられ、姫宮は一般病棟の個室へと運ばれた。

僕が連絡を入れるまでもなく、病院側からその情報は部長に伝わっているらしい。彼の隣に座りながら、僕はそんなことを考えていた。

「……ご家族には連絡するかどうか、本人と話してから決めようと思う。会社に報告するつもりはない。報道も特に来ていないようだが、念のために手を回しておこうと思う」

「……はい……」

僕に話しているというよりは、ぽつぽつと、これから自分がとるべき行動を再確認している、という感じで部長は話していた。

それでも返事をしないのはなんだか悪いような気がして、相槌を打つと、不意に部長が顔を上げ、じっと僕を見つめてきた。

「……で、一体何があったんだい？」

「それが……」

何があったのか、僕も知りたい、と俯《うつむ》くしかない僕に、部長が次々問いを発してくる。

「そもそも、なぜ君は姫宮君の家に行ったんだい？　彼から連絡があったとか？」

「……いいえ、今夜Ｄ工業との接待だったんですが、そのあと課長に家で飲もうと誘われて……」

「で？　目を離した隙に姫宮君が手首を？」

「……いえ………」

そうじゃなかった。が、詳しく状況を説明することになると、桐生の件を出さないわけにはいかなくなる。

そこをぼかすにはどうしたらいいのか、と考えを巡らせていたため、黙り込むことになった僕は、課長に、ぽん、と肩を叩かれ、はっとして顔を上げ、彼を見やった。

「君の話しづらいという気持ちもわかる。プライベートに立ち入ったことが絡んでくるんだよね？」

部長は今、酷く真剣な顔をしていた。

「あの……」

まさに図星のことを言われ、絶句した僕は、続く部長の言葉に更に驚かされることとなった。

「違っていたら申し訳ない。もしや君の恋人が関係しているんじゃないかい？」

「……な……っ」

図星、どころではなかった。なぜそれを、と驚きすぎて取り繕うこともできずにいた僕を見て、部長が慌てたように言葉を足す。

「驚かせて申し訳ない……この辺で種明かしをするよ。そのほうが君も話しやすくなるだろうから」

「た、種明かし……ですか？」

動揺が激しすぎたせいで、まだ思考力が戻らない。おかげで部長の言葉を鸚鵡《おうむ》返しにしたものの、意味はさっぱりわからなかった。

手品でもあるまいし、『種明かし』というのはなんだろう。まるで想像がつかず、部長の次の言葉を待つ。

部長はそんな僕を見返し、一瞬だけ少し困った顔になったあとにすぐに意を決したように話し始めたのだが、それは今までの驚きが吹き飛んでしまうような、あまりに衝撃的な話だった。

「実は、僕と姫宮君は付き合っていた——といっても、恋人同士と呼べるような関係じゃない。強いていえば、セフレ……かな」

「ええっ」

明かりの消えた病院の待合室に、僕の声が高く響く。

「す、すみません」

その声にびっくりし、我に返った僕は、無遠慮に叫んだことを部長に詫びた。

「いや、いたって普通の反応だと思うよ」

ははは、と部長がさもなんでもないことのように笑い、話を続ける。

「誘ってきたのは姫宮君のほうだった。といっても被害者ぶるわけじゃないよ。もともと僕はゲイじゃなかったが、すぐに彼に夢中になり、積極的に自分から誘うようになったくらいだからね」

実に爽《さわ》やかに部長はそう言い、啞然としていた僕に向かって軽くウインクしてみせた。

「……はあ……」

なんと相槌を打ったらいいかわからず、曖昧な相槌を打つ。

「多いときで週に三日は二人で過ごしていた。逢瀬の場所は僕の部屋のことが多かった。それなりに蜜月状態は続いて、僕はてっきり二人は付き合っているものだとばかり思っていたんだ。でもあるとき、きっぱりと言われてしまってね」

ここで部長が苦笑し、僕を見る。

「？」

何を、と首を傾《かし》げると部長は、少し照れた顔になりつつ、話を再開した。

「僕としては、姫宮君とは『付き合っている』という認識だった。なので、一緒に暮らさないかと誘ったんだ。今のマンションは充分二人で暮らせる広さがあるしね。それに対する姫宮君の答えはノーだった。理由を尋ねると、束縛をされたくないからだという。それでつい、言ってしまったんだよ。僕たちは恋人同士なんじゃないかと。それで姫宮君にきっぱりと言われた。自分は『セフレ』というつもりでしかなかったと」

「…………」

酷いな、という思いが胸に浮かんだのは、微笑んではいたものの部長が傷ついた顔をしているように思えたからだった。

「今後もセフレとしてなら付き合えるけれど、恋人になりたいというのなら関係は終わりだと、一方的に宣言された。さすがに腹が立ってね、なぜだ、と彼を問い詰めたんだ。最初彼は、答えるのを拒否した。が、僕がしつこく問い詰めると、仕方なく答えてくれたんだ。その答えというのが……」

部長がここで僕を見て、また苦笑めいた笑みを浮かべる。彼がこのあとに告げる言葉は、なんとなく予想できる気がした。が、実際聞いた際にはやはり、衝撃を覚えずにはいられなかった。

「昔、付き合っていた男に手酷い振られ方をしたからだそうだ。僕はその男とは違うと食い下がったが、結局は振られた。そのときわかったんだ。姫宮君はまだその『昔付き合っていた男』を忘れられずにいるんだろうなと」

と、ここで部長は言葉を切り、僕へと視線を戻すと、じっと目を覗《のぞ》き込むようにして問いかけてきた。

「これは僕の推測なんだが、もしかして姫宮君が今でも忘れられない過去の恋人というのが、長瀬君、君の今の恋人なんじゃないかな？」

「……っ」

ずばり、と斬り込まれた問いを絶句した時点で、僕は『イエス』と言ってしまったようなものだった。

「やっぱりね」

部長が苦笑し、言葉を続ける。

「君が謂《い》われのない中傷を受けているとわかったとき、そうじゃないかな、と思ったんだ。というのも、ローテーションの候補に君を欲しいと言ってきたのが姫宮君だったからなんだが」

「え？」

初耳だ——他に驚くところはたくさんあったが、驚きすぎて何がなにやらわからなくなっていた僕は、そこに反応してしまった。それを部長は僕が興味を抱いたと思ったらしく、詳しい話をし始めた。

「ローテーションを決めるタイミングで、姫宮君が君を推薦してきたんだ。自動車部の同期に誰がいいかと相談したら、君が最適だと言われたからと。着任後は姫宮君の部下になるのだし、希望があるならそれで、と君に決まったんだ。だが、着任直後にあの嫌がらせだろう？　君は他人から嫌われるタイプにはとても見えなかったし、何より名古屋支社に君の知人はいない。唯一、君を知っているのが姫宮君だとわかったとき、もしや、と思い彼を問い詰めたんだ」

「…………」

問い詰められ、姫宮は白状したのだろうか。シラを切ろうとしたのではないか、という僕の予想は当たった。

「彼が君を食事に誘ったことがあっただろう。ほら、僕が乱入した」

「あ、はい」

そんなことがあった、と頷くと、部長は、

「そのあとだよ。僕が彼に事情を聞いたのは」

と微《かす》かに肩を竦めた。

「彼は最初、知らない、の一点張りだった。が、ＩＴが証拠を摑《つか》んだと脅したら、ようやく自分がやったと認めたよ。理由を問い質《ただ》すとただ『気に入らなかったから』だと言う。そのときにはそれ以上口を割らなかったが、その直後、彼、君にメールを送っただろう？　申し訳ないが、あの頃、外部アドレスから君に送られるメールはすべて、ＩＴに依頼して私にも転送されるようになっていたんだ。勿論、嫌がらせと思われるメール以外はチェックなどしていないから安心してくれていい」

「……あ、はい……」

そんなことをされていたのか、と驚きはしたが、もとより社内ルールで、上司は部下のメールを閲覧できるという規定があるため、酷いとは思わなかった。

「姫宮君は、いきなりあの場に僕が現れたことで、僕に見抜かれたと思ったんだろう。二人で話をしたいと僕が誘った直後、君にメールを打ったよね？　そのメールには君の恋人の名が書いてあった。それでピンときたんだ。彼が嫌がらせをしたかった理由が、その男に――君の恋人にあるんだってね」

部長はここで一旦口を閉ざすと、じっと僕の目を見つめ、真摯《しんし》な声で問いかけてきた。

「君の今の恋人――確か桐生君といったか。彼は昔、姫宮君と付き合っていた。もっとはっきり言うと、彼こそが姫宮君を『手酷く振った相手』だった……違うかい？」

「…………それは…………」

そのとおり——ではあったが、いろいろな意味で僕は頷くことを躊躇っていた。

ここで頷けば僕は、桐生と姫宮とのかつての関係を認めることになる。それ以前に、自分が桐生と恋人同士であることをも認めることになってしまうとなると、果たして肯定していいものか、と迷ってしまう。

この逡巡は自分の立場を思ってというより、桐生に迷惑がかかるのではないかと案じたためのものだったが、部長の真剣な顔を見るうちに、打ち明けるべきだという方向に気持ちが傾いていった。

部長が赤裸々に姫宮との仲を告白してくれたのに、そんな彼に対して隠し事をするのは悪い気がする。

部長はきっと、僕を信じて打ち明けてくれたのだ。僕も部長を信じよう、と心を決めた。

「……そうだと……桐生から聞きました」

僕が打ち明けるか否か、部長は半々くらいに考えていたらしく、少し驚いた顔になったが、すぐに、

「ありがとう」

と笑顔になった。

「やはりそうだったのか」

「……はい。それでこの間、桐生がうちの会社にきて……」

姫宮に対し、『陰湿な真似をするな。言いたいことがあるなら直接俺に言ってこい』と言ったのだ、と、僕は先々週の金曜日の出来事を部長に簡単に説明した。

「そんなことがあったのか……」

話を聞き終えた部長は抑えた溜め息をつくと、暫《しば》し考え込むように黙り込んだ。僕もまた口を閉ざす。

「僕に——会社の人間に知られるより、桐生君に悟られたことのほうが姫宮君にとってはショックだったのかもしれないね」

随分と時間が経《た》ってから部長は溜め息混じりにそう言うと、小さく微笑み僕を見た。

「……どうなんでしょう……」

それはわからない、と首を横に振るしかない僕に、部長が新たな問いを発した。

「それで今夜は一体何があったんだ？」

「……はい……」

ここまで打ち明けてしまったのだから、もう隠すことは何もない。

とはいえ、姫宮の言葉を繰り返すのは彼にとっても、そして桐生にとってもあまり名誉なことじゃないとわかっていたので僕は、ことの経緯を簡単に説明するにとどめた。

「接待のあと、課長に家に誘われたんです。課長はワインをがぶ飲みしながら、桐生と付き合っていた頃の話をいろいろし始めて——僕は聞いていられなくなって課長の家を飛び出しました。でも携帯を落としてきたことに気づいて引き返したら、課長が手首を切っていて……」

「君と話しているときには、そんな気配はなかったのか？　ああ、あったら君が彼を残して立ち去るはずがないか」

いったん僕に問いかけたものの、部長はそう納得すると、また、一人考え込んでしまった。

またも暫しの沈黙が二人の間に流れる。

「……姫宮君はなぜ、手首を切ったんだろう」

ぽつり、と部長が呟く声が待合室に響く。

「……わかりません……」

これはまったく、偽らざる僕の気持ちだった。

別に部長に責められたと感じたわけではない。ただ、『なぜ』という気持ちが猛烈に膨れ上がり、気づけば僕は部長を問い詰めてしまっていた。

「なぜ課長は手首なんて切ったんでしょう？　直前まで本当にそんな気配、なかったんです。どちらかというと僕に対して攻撃的ですらあったのに！　死ぬ気だったんでしょうか？　どうして？　どうして課長はそんな気に……っ」

「長瀬君、落ち着くんだ」

いきなり大声を上げはじめた僕の肩を部長が両手で押さえ込む。それでも一度高ぶってしまった気持ちはなかなか静まっていかなかった。

「あのとき僕はなんて言ったか、はっきり覚えていないんです。おそらくそれ以上話を聞きたくない、というようなことを叫んだのだと思うけれど、それがきっかけになったんでしょうか？　あのとき僕が部屋を飛び出さなかったら課長は手首を切ることがなかったんでしょうか？　僕が部屋に残ってさえいたら……っ」

「落ち着きなさい！　君のせいじゃない！　君があの場にいようがいまいが、姫宮君はきっと手首を切ったよ」

部長が僕に負けないくらいの大きな声を出したのに、はっと僕は我に返った。

「……すみません……」

取り乱してしまった、と項垂《うなだ》れる。部長に摑まれた肩の痛みが今更のように襲ってきた。

「……君のせいじゃないんだよ」

部長が静かに笑い、摑んでいた手を外してぽん、と僕の肩を叩くと、考え考え話しだした。

「気持ちというのはなかなか思うように切り替えできないものだ。多分姫宮君はまだ、昔の恋人のことが——桐生君のことが好きなんだろうね」

「…………………」

心のどこかで僕もそのことには気づいていた。が、改めて言われるとそれなりにショックを受け、思わず顔を上げて部長を見やった。

「だからこそ、セフレは作っても恋人は作れなかった。どんな酷い振られ方をしたかは知らないが、彼を恨んでいるというよりは、まだ好きなんだと僕は思う。君に対する嫌がらせは恨みからではなく、嫉妬からだったんだろう」

「……………」

嫉妬――というより、姫宮は桐生の相手が僕のような男だということが許せなかったんじゃないか。そう僕は思っていた。

外見も中身も、僕は姫宮と比べて遥《はる》かに劣っている。そんな劣った人間が桐生の恋人だということに怒りを感じた。その結果があの嫌がらせだった。

それは彼のプライドというより、やはり、桐生をまだ好きな気持ちから出た感情なんだろうな、と、一人そんなことを考えていた僕は、部長に名を呼ばれ思考の世界から引き戻された。

「長瀬君、何度も言うが、君が責任を感じることは一つもないよ」

「……………」

部長は今、慈愛に満ちた目で僕を見ていた。彼の顔が優しげであればあるだけ、僕を慰めようとして言ってくれているのだろうと思えてしまい、堪らず俯く。

少なくとも、今夜僕が課長の部屋を飛び出さなければ、手首を切ろうとしたところを止められたわけだし、と、また同じことを考えてしまっていた僕の肩を部長が摑む。

「君は単に巻き込まれただけだ。そう思っていればいい。今回の件は姫宮君が、昔の恋人を忘れられなかったがためにおこったことだ。そのことに対しても、君は何も考えなくていい。過去は過去、現在《いま》は現在だ。姫宮君もそう、割り切るべきだった。そのほうが彼も苦しまずにすんだだろう。いや……」

と、ここで部長が、痛ましげな顔になり、言葉を途切れさせる。

「…………部長……？」

どうしたのだ、と顔を覗き込むと、部長はふっと笑い、僕の肩から両手を退《ど》けた。

「これは『責任』からじゃなく、単なる僕の希望だが」

「……え？」

突然、何を言い出したのか、と戸惑う僕を見て部長は苦笑し、再び口を開く。

「僕が彼の過去を断ち切ってやりたい——そう思ったんだよ」

「……部長……」

「『やりたい』じゃないな。『やる』だ」

思わず呼びかけた僕に、部長は今度は『苦笑』ではなく、明るくニッと笑ってみせた。

「これからは振られても振られても、果敢に挑み続けるよ。セフレじゃいやだ。君と恋人になりたいと……。過去の辛《つら》い恋を忘れる最適な手段は、新しい恋だと思うからね」

まあ、容易《たやす》くはなさそうだけれど、と部長は笑ってそう続けたあと、不意に真面目《まじめ》な顔になり、ぽつりとこう告げた。

「どんなに時間がかかってもいい。その間もずっと、僕が彼を支えていくよ」

「…………小山内部長……」

静かな口調ではあったが、その言葉には部長の思いがこれでもかというほど込められているのがわかった。

彼の言うとおり、これは部下への——そしてかつてセフレだったことへの『責任』ではない。心からの彼の『希望』なのだと——部長は姫宮を心から愛しているのだろうと僕は察した。

部長の存在が、その愛が、いつか姫宮にとって救いになるといい。過去にとらわれている彼が、未来へと向かい一歩を踏み出すことができるといい。

きっと部長なら姫宮の手を引き、一歩を踏み出させることができるのではないか。希望に燃える部長の瞳を見ながら僕はその確信を深めていた。

ここはもういいから、と、部長に帰宅を促され、僕は一人病院をあとにした。

外に出てふと空を見上げると、まさに『満天の星』というに相応《ふさわ》しい、美しい星空が開けていた。

綺麗だな、と暫し足を止め星を見上げていた僕の胸に、急速にある思いが立ち込めてくる。堪らず携帯を取り出し、ディスプレイの時計を見る。既に深夜零時近くになろうとしていた、その時刻を見ても芽生えた衝動は収まらなかった。

電話帳から桐生の番号を呼び出し電話をかける。こんな深夜ではあるが、彼は起きているだろうと思った——というより、今、僕は彼の声が聞きたくて堪らなくなっていた。

いや、声が聞きたいというより——と、ここで耳に当てた携帯の向こうから、桐生が応対する声が響いた。

『どうした』

『もしもし』もなく、そう呼びかけてきた彼の声から、いつも僕は感情や状況を読みとろうとする。

彼は忙しくないだろうか。周囲に物音がしなければもう自宅だろうか、と自分なりに判断してから話しだすのだが、今夜はその気遣いにもならない気遣いをする余裕すら失われていた。

「桐生……」

呼びかけ、聞きたくて堪らなかった彼の声を聞こうとする。

『どうした？』

様子がおかしいとでも思ったのか、桐生はそう問いかけてきたのだが、その声はどこまでも優しかった。

彼の優しさに触れた途端、本当の『願望』が僕の口をついて出た。

「会いたいんだ。今すぐ……っ」

声を聞きたい。それは決して嘘ではなかった。でも声だけでは足りなかった。

桐生に会いたい。顔を見たい。彼に触れたい。触れられたい。

姫宮の自殺未遂という事件を目《ま》の当たりにし、高ぶっていた感情は随分と落ち着いてきたつもりではあったが、一人になり星空を見上げた途端、僕は桐生に会いたくて堪らなくなっていた。

『…………』

電話の向こうから桐生が息を呑む音が聞こえる。それが僕をはっと我に返らせた。

「ごめん、冗談。ええと、声が聞きたくて……」

会いたい、と言ってすぐ会えるような場所に、彼は住んでいるわけではない。深夜零時ならすでに新幹線の運転は終わっており——当たり前だ——東京にいる彼が名古屋に来る手段などない。

それに今日は平日、明日、彼は出勤だ。出張前でただでさえ忙しいときに『会いたい』と言われたところで困るだけだろう。

頭に次々と浮かんでくる常識的な判断が、僕を慌てさせていた。

「ほんとにごめん。ちょっと酔ってるだけなんだ。声、聞けたからもう満足する。明日も仕事、頑張って」

あわあわしたままそれだけ言うと、僕は、

「それじゃあ」

と電話を切ろうとしたのだが、そのとき携帯の向こうから桐生の静かな声が耳に響いた。

『わかった。待ってろ』

「えっ!?」

自分の言葉と被《かぶ》さったため、もしや聞き違えたのか、と焦って問い返そうとしたときにはもう、電話は切られていた。

まさか、と慌ててかけ直したが、留守番電話サービスにつながってしまう。

二回、かけ直しても桐生に出てもらえなかったので、仕方なく僕は留守番電話に『さっきの電話は気にしなくていいから』と伝言を残し、携帯を切った。

「…………」

まさか——まさか桐生は、東京から来るつもりなんだろうか。

どうやって？　移動手段がないのに、と呆然《ぼうぜん》としていた僕の頭に、車か、という考えが浮かんだ。

「まさか……」

名古屋まで車を飛ばしたとすると、いくら深夜で高速が空いていようとも、名古屋に到着する頃には夜が明けているんじゃないかと思う。

明日の仕事のことを考えれば、さすがに桐生も、そんな馬鹿げたことはしないだろう。するわけがない。

常識的な判断をくだすとそうなるよな、と僕はそう自分を納得させようとした。が、なぜか酷く胸が騒ぎ、少しでも早く家に帰ろうと病院前に停まっていたタクシーに乗り込んだ。

胸騒ぎ、というよりは、これは単なる僕の『願望』だ。桐生に会いたいと切望する気持ちが、彼の声を聞いてますます募っているだけなのだ。

真っ暗な道をマンションへと向かって疾走するタクシーの中、僕は心の中で一人、『常識的な判断』を呟いていたが、それでも僕の胸はざわついていた。

桐生の『わかった』という声が幾度となく耳に蘇り、ますます僕をいたたまれない思いへと追いやっていく。

そんなはずはない。彼が来ることなどあり得ない。

あの『わかった』は、僕が『酔っているだけなんだ』と言ったことに対する『わかった』

だろう。電話に出ないのは、仕事が忙しいからとか、それこそ寝てしまっているからとか、そういう理由に違いない。

そう思いながらも、心のどこかで彼の来訪を待ちわびている自分がいることに、僕は必死で気づかぬふりをしていた。

8

マンションに到着後、入浴をすませすぐにも寝ようとしたが、目が冴えてまったく眠れなかった。

これから飲むと、朝までにアルコールは抜けないだろう。そうはわかっていてもついビールに手が伸び、リビングのソファで二缶も空けてしまった。

一人で飲む僕の頭ではさまざまな考えが過ぎり、ひとしきり頭の中を巡ったあとに消えていく。

姫宮課長とごくごく普通に接待をしたのはほんの数時間前のことなのに、なんだか遠い昔のように感じる。

そのあと、姫宮の家に呼ばれてワインを振る舞われ、桐生との過去についていろいろ聞かされた。我慢できずに部屋を飛び出し、でも携帯を忘れて部屋に戻って——血まみれのラグの上、真っ白な顔で横たわっていた姫宮の姿が脳裏に浮かんだのに、思わず僕の口から溜め息が漏れる。

救急車が来るまで不安で不安で堪らなかった。命の無事が確認できたときには、安堵《あんど》のあまり僕が倒れてしまいそうになった。すぐに小山内部長が来て、そして部長の気持ちを知って――それがほんの数時間の出来事だなんて、やはり信じられない。

信じられなくても現実であることにかわりはないんだけど、とまたも溜め息をついた僕は三缶目のビールを取りにいこうかどうしようかと少し迷い、結局立ち上がって冷蔵庫へと向かった。

これから一体、どうなるのだろう――部長はおそらく、姫宮の自殺未遂を会社に報告はしないと思う。が、姫宮は当分、休まざるを得ないのではないだろうか。

手首の傷は深くはないということだったが、痕《あと》は多少残るだろう。痕以前に、包帯を巻いていったらそれこそ目立つ。何かそれらしい理由をつけたとしても、人の口に戸は立てられぬのたとえどおり、左手首の包帯をリストカットゆえと噂される可能性大だ。

僕が姫宮だったら、きっと後悔する。なぜ手首など切ってしまったのだと悔やむだろう。

なぜ――本当になぜ、姫宮は手首を切ったのか。

僕を脅迫した犯人だと会社に知れたから？　もしもそれが原因なら、死ぬより前に会社を辞めればすむことだ。

そうした判断ができるようなら手首など切らなかったかもしれないが、と、ここでまた僕の口から溜め息が漏れたのは、こうしていくら考えたところで理由などわからないと気づいたためだった。

姫宮の行動の動機は、彼に聞かないとわからない。彼が僕に対し、嫌がらせを行ったという『事実』は判明したが、その『動機』だって本人の口から説明されない限り、何をもってきても『推察』で終わる。

だが『動機』を知ったからといって、何が変わるというのだ、とまたも溜め息を漏らし、ビールを呷る。酷く苦く感じるのはもう身体《からだ》が欲していないからだとわかっているのに、缶を傾けることを僕はやめなかった。

興奮して眠れなかった脳が、三缶もビールを飲んだせいでようやく休養を欲したらしく、知らぬまに僕はソファでうとうとしてしまっていたようだ。

カーテンを開け放したままだった窓の外、白々と夜が明けてきた頃、肌寒さから目覚めた僕は、時計を観て自分が二時間ほど寝ていたことに気づいた。

予想どおり、アルコールが残った頭が重くて、外の空気でも吸おうかと窓辺へと向かいガラス戸を開ける。

冷たい外気が、眠気を一気に吹き飛ばしていく。まだ少し早いが、出社にそなえてシャワーを浴び、少ししゃきっとしないとな、と、ぼんやりとそんなことを考えながら見るとはなしに外の景色を眺めていた僕の視線が、ふと下へと向かったのは、夜明け直後の静寂に包まれた空気の中に、車のエンジン音が耳に届いた気がしたからだった。

こんな早朝だというのに、マンションのエントランスに一台の車が物凄《ものすご》い勢いで突っ込んでくる。

ここは十八階であり、高さがかなりあるので車種が特定できないが、紺色の車体を見た瞬間、僕の胸はドキッと大きく脈打った。

ドキ、どころか、ズキ、と痛みを覚えるほどの胸の高鳴りを抑えられずにシャツの前を摑む。車のドアが開き運転席から人が降りてこようとする姿を見たときには僕はベランダから部屋に駆け込み、キーを摑んで玄関を飛び出していた。

降りてきた人物の姿を確認したわけではなかった。こんな高いところからは人の顔など識別できない。それがわかっていたからこそ僕は確かめずにはいられなくなっていた。

なかなか来ない――といっても二十秒も待ってなかったが――エレベーターに苛々《いらいら》し、やっと来た箱に飛び乗ってからは、一階のボタンと共に『閉』ボタンを連打した。急速な下降に一瞬目眩《めまい》を覚えたが、すぐに気を取り直し、早く一階に到着してほしいと表示灯を見上げる。

ようやく一階に着き、扉が開く。ロビーを駆け抜け、エントランスの自動ドアをも駆け抜ける。

目の前に停まる車の前、佇《たたず》む男の姿を見た瞬間、僕はその名を叫び彼に抱きついていた。

「桐生!!」

「……なんだ、まだ起きていないと思ったんだが」

苦笑する桐生が飛びつくようにして彼に向かっていった僕の背をしっかりと抱き締め返してくれる。

「桐生！　桐生！　桐生!!」

熱い想いは胸に溢《あふ》れているのに、それを言葉にすることができず、僕はただ彼の名を叫び続けた。

「近所迷惑になるぞ」

桐生がまた苦笑し、身体を離そうとする。反射的に離れまいとし尚も強く彼にしがみついた僕の耳元に、桐生の甘い声が響いた。

「これじゃキスもできないじゃないか」

「……っ」

耳朶《じだ》にかかる彼の息の感触に、びく、と身体が震える。それで力が抜けたのをすぐに桐生は悟ったようで、僕の肩を押しやるようにして少し身体を離すと、唇を唇で塞いできた。

「きりゅ……っ」

名を呼ぼうとしたが、そのときには彼の舌が僕の舌を捕らえ強く吸い上げていた。きつく舌を絡められる濃厚なキスが、突然の桐生の出現に動揺し興奮しまくっていた僕を更に興奮させていく。

既に一人で立っていることができず、桐生の背にしがみついて、彼の獰猛《どうもう》なキスに応えていた僕の腰に、桐生の腕がしっかり回り身体を支えてくれる。

ああ、桐生だ――夢でも幻でもない。彼が今、ここにいるのだという確かな証《あかし》を得たと感じた瞬間、僕の胸は熱く滾《たぎ》り、目には涙が込み上げてきてしまった。

「……う……っ……」

重ねた唇から嗚咽《おえつ》の声が漏れる。と、桐生が唇を離し、少し驚いた顔で僕を見下ろしてきた。

「何を泣いている？　一体何があったんだ？」

優しい――優しすぎるほど優しい声だった。彼の瞳が本当に心配そうに僕を見下ろしている。

僕を心配し、駆けつけてくれたのだ。あんな電話をしてしまったから。そう察した途端、申し訳なくて――そして更に申し訳ないことに本当に嬉しくて、ますます涙が止まらなくなった。

「……ごめ……っ」

謝罪しようにも、喉《のど》から込み上げる嗚咽が僕から言葉を奪う。

「泣くな」

桐生は少し困ったように笑うと、僕の額に、頬に、鼻に、目尻に、細かいキスをいくつも落とし、僕を落ち着かせてくれようとした。

「う……っ……うぅ……っ……」

そんな優しさに触れるとますます涙が止まらなくなり、泣きじゃくる僕の頬を桐生がそっと両手で包む。

「泣くな」

泣かないでくれ、と、尚もキスを続ける彼の前で僕は子供のように声を上げ、泣き続けてしまったのだった。

「落ち着いたか？」

僕を宥《なだ》めながら駐車場に車を停め、部屋へと移動すると桐生はリビングのソファに僕と並んで座り、肩を抱き手を握りしめてくれながらそう顔を覗き込んできた。

「……ごめん、本当に……」

ようやく落ち着きを取り戻していたが、恥ずかしくて顔を上げられなかった。だが、まだちゃんと来てくれた礼も言ってない、と気づき、慌てて彼を見やった。

「ん？」

桐生が優しげに目を細め、微笑みかけてくる。

「ごめん……それから、ありがとう。まさか本当に来てくれるなんて思わなくて……」

「別に謝ることはないし、礼もいらない。俺が来たかったんだから」

桐生はなんでもないことのように――本当に、たいしたことじゃないというように肩を竦めてそう言うと、こつん、と額を合わせ、僕の目を覗き込んできた。

「車を飛ばせば夜明け前には到着するかと思ったが、意外に時間がかかったな」

ふふ、と笑う桐生の手を、僕がぎゅっと握り返したのは、彼への申し訳なさが募ったせいだった。

「本当にごめん……」

「謝らなくていい。それより何があったのか、話してくれないか？　悪いがあまり時間がないんだ」

こつん、ともう一度僕に額をぶつけたあと、桐生が少し顔を離し、自分の腕時計をちらと見る。

「……もしかして……」

朝から出社するのか、と驚き僕も時計を見、針が午前五時を指していることを確認した。

「朝一番ののぞみに乗れば余裕で間に合う」

桐生がニッと笑ってそう言うと、

「ごめ……っ」

と謝りかけた僕の言葉を言葉で封じた。

「だから早く話してくれ」

「…………うん…………」

またも謝りそうになる自分を律して頷くと、何からどう話すべきかと必死で頭を巡らせ、考えをまとめたあとに――あまりまとまりはしなかったが――僕は話し始めた。

「……昨夜、姫宮課長が手首を切ったんだ。幸い、傷はたいしたことなくて、命には別状はなかったのだけれど、それですっかり動揺してしまって……」

「なんだって⁉」

僕の話は桐生にとって予想外だったらしい。できるだけ彼を驚かせないようにと、事実と、そして姫宮は無事だったということをすぐに伝えねばと思って話を始めたのだが、僕の配慮はあまりうまく働かなかったようだった。

「今は小山内部長が――姫宮課長の上司で、課長とはプライベートでも付き合いが深い人なんだけど……あ、前にも話したこのマンションに住んでる部長なんだけど、彼が付き添ってる。部長は課長をとても大切に思っていて、課長が立ち直るのに、力になりたいって言ってた。そんな部長の言葉を聞いたものだから、更に堪らなくなって、電話をかけてしまったんだ」

「…………そうか…………」

桐生が呆然とした顔のまま、相槌を打つ。そのまま暫く彼は何も喋《しゃべ》らず、僕も口を閉ざしていた。

壁掛けの時計の、カチカチという秒針の音だけが静かな室内に響き渡る。

「……もしかして姫宮は、手首を切ったとお前に連絡を入れてきたのか？」

数分後、桐生が絞り出したような抑えた声でそう問いかけてきたのに、僕は一瞬意味がわからず、

「え？」

と問い返してしまった。

「姫宮が手首を切ったと、どうしてお前が知ったんだ？」

桐生は酷く厳しい顔をしていた。彼の怒りの対象が姫宮に向けられていることはわかったが、その理由はおそらく、彼の自殺が狂言であると判断してのものだろう。

実際、手首を切ったのが狂言か否かはわからない。が、朝まで放置していたら確実に彼は死んでいたのではないかと思う。僕が戻ってくることなど、予想できなかったのではと考えると、きっと姫宮は本気で死ぬつもりだったのではないかと思うのだ、と、僕はそれを桐生に説明しようと、昨夜の出来事をつぶさに話し始めた。

「昨夜は課長と二人で接待だった。そのあと、少し飲まないかと誘われて課長の家に行ったんだ」

「……やっぱり……」

苦々しく相槌を打つ桐生に、違う、と首を横に振り、話を続ける。

「その場で課長は、酔っていたせいもあるだろうけど、僕に対して酷く攻撃的になった。桐生と付き合うことになったきっかけを聞いてもいないのに話し始めたり、桐生とのその……セックスがどうだったかを説明しようとしたり……」

更に桐生の表情が苦々しげになる。違うんだ、と僕は慌てて最後まで話そうと言葉を続けた。

「それで聞いていられなくなって、僕は部屋を飛び出してしまったんだ。でも、携帯を課長の部屋に忘れたことに気づいて、それで引き返したんだ。そしたら課長が血だらけで倒れていて…………」

そのときの情景が一瞬頭を過ぎり、語尾が震えてしまった。が、すぐに気を取り直すと僕は、いつからかじっと聞き入ってくれていた桐生を見つめ、話を終わらせた。

「僕が戻ってきたからすぐ救急車を呼べたけれど、もしも携帯を忘れたことに気づかなかったら——気づいても、もう課長の話は聞きたくないからと部屋に戻らなかったら、姫宮課長が生きていたかはわからない……課長は本気で死のうとしていたんだと思う。狂言とか、そういうつもりはなく、本当に追い詰められていたんじゃないかと……。追い詰めたのは、僕への嫌がらせが会社に知られたと思ったからかもしれないし、他に理由があったのかもしれないけれど……」

理由は本人に聞かないかぎりわからない、と言葉を結んだ僕の横で、桐生が、はあ、と大きく溜め息をつく。

「……俺のせいかもな」

ぼそり、と告げた彼が僕の手からすっと手を引き抜こうとした。その手をぎゅっと握りしめると、桐生は僕を見たが、彼の瞳には苦悩の色があった。

「桐生のせいじゃないよ」

慰めるつもりはなかった。姫宮は桐生に気持ちを残していた、それが自殺未遂の原因だった。それが正解だったとしても、決して桐生のせいじゃない。

「…………」

桐生は僕を見返していたが、やがて、また、ふう、と大きく息を吐き、口を開いた。

「俺も彼を追い詰めた一人だからな」

その言葉は面と向かって姫宮に厳しい言葉を告げたことを指しているんだろう。そう察した僕は、少しだけ悩んだあとに、部長の見解を彼に伝えることにした。

「……部長は、姫宮課長がまだ、桐生を忘れられないんじゃないかと——まだ桐生のことが好きなんじゃないかと、そう言っていた。仮に本当にそうだったとしても、それは桐生のせいじゃないよね？　勿論課長のせいでもない。誰が悪いということじゃなく、ただ……」

巡り合わせが悪かったんだと思う、と続けようとした僕の声に、桐生の低い声が重なって響いた。

「……俺が『悪くない』ということはない。そもそも、彼とは付き合うべきじゃなかった」

「…………」

桐生の口調は淡々としていた。が、目を上げて見やった先にある彼の顔は苦悶の表情を浮かべていた。

なぜ、付き合うべきではなかったのか、と尚も見つめていた僕をちらと見返してから、桐生は僕の手を握り、ぽつぽつと話を始めた。

「……………合コンか何かで一緒になり、その夜のうちにベッドに誘われた。その気はないと断ったが、男も一度試してみればいいと言われて、つい、誘いに乗ってしまった」

「………………」

桐生の言葉を聞く僕の胸に痛みが走る。やはり姫宮は桐生にとって『初めての男』だったんだな、と思ったからなのだが、続く桐生の言葉は僕の思いもかけないものだった。

「その頃にはもう、俺はお前をそういう目で見ていた。自覚こそなかったが、恋愛感情を抱いていたんだ。同性とのセックスは未知の世界だったから、姫宮の誘いに興味を持った……だが……」

桐生がここで、呆然としたまま彼の話を聞いていた僕へと視線を戻し、ぎゅっと手を握りしめてきた。

「……するべきじゃなかった。お前のかわりに、彼を抱くことなど——」

「桐生…………」

自分の名が出てくるとは思ってもおらず、絶句する僕からまた桐生はすっと目を逸らし、ぽつり、と一言呟いた。

「お前に対しても……悪かった、と思っている」

「…………桐生…………」

なんと言葉をかけていいかわからず、またも彼の名を呼んだ僕から目を逸らせたまま、桐生が再び口を開いた。

「その後も何度か姫宮に誘われて寝た。回数を重ねるごとに空しさが募り、それできっぱりと別れを言い渡した。理由を聞かれたので、他に好きな相手がいると告げると彼が『自分は身代わりだったのか』と聞いてきた。嘘をつくこともないと思い、そのとおり、と認めると、プライドに障ったのか、そんな男は願い下げだ、と向こうから振ってきて、二人の関係は終わった。ふた月ももたなかったと思う」

「…………」

俯いたまま桐生が、抑えた声音で話し続ける。自分で問うたこととはいえ、桐生にはっきりと『身代わりだ』と言われた姫宮は、そのプライドも、そして心も、酷く傷ついただろうなと想像できるだけに、僕の胸も痛んだ。

「その後、姫宮は致命的なミスをおかしたとのことで、名古屋に左遷となった。発令の日に彼から連絡があり、会えないかと言ってきた。左遷のことは知らなかったが、既に別れたこともあり、俺は返事すらしなかった。その後、数回メールや電話があったが無視しているとそのうちに連絡が途絶えた――」

桐生は一旦言葉を途切れさせ、小さく息を吐いたあとに、また、口を開いた。

「その後、彼を思い出すことはまったくなかった。お前が名古屋勤務になるとわかったときでさえだ。お前の口から姫宮が課長であると聞いたその瞬間まで、彼のことを忘れていた。だが、俺が忘れたからといって、姫宮も俺を忘れたわけではない、そんな当たり前のことに気づかなかった。傷つけたほうはすぐに忘れるが、傷つけられたほうは恨みを忘れない。おかげでお前にも、辛い思いをさせてしまった」

「僕は辛くなかったよ」

謝罪の言葉を口にしようとした、そんな桐生の声を遮り僕はそう言うと、また、ぎゅっと彼の手を握りしめた。

「そりゃ、みんなに無視されたりひそひそ話をされたりと、まったく辛くなかったわけじゃないけど、人に何を言われようとも桐生さえ傍にいてくれれば耐えられると思った。だから僕には謝らないでほしいんだ」

「……長瀬……」

桐生が戸惑ったように僕を見返している。今、二人の間からは、あれだけ僕を苦しめていた壁が取り払われていた。

それは僕が耳を塞いでいた、桐生の過去についての告白を聞いたからだったのかもしれない。彼のしたことは決して肯定できないし、この先自分も姫宮が受けたような仕打ちをされる可能性はあると思い知らされもしたが、それでも桐生の過去を知ってよかった、と思える自分がいた。

勇気を出すべきだった。一人であれこれと想像し、妄想にとらわれて苦しむくらいなら、事実を聞くべきだった。桐生は話すと言ってくれたのに、聞きたくないと背を向けたのは自分だ。

馬鹿げた遠回りをしてしまった、と僕は桐生に対し首を横に振ると、きっぱりと——心からそう思っているのだということが桐生に伝わるように、必要以上にきっぱりとした口調で思いの丈を口にした。

「桐生の過去がどんなものであろうとも——誰と付き合っていようが、どのようにして別れようが、君の過去ごとすべて、僕は受け止めたいと思ってる。過去に何があろうが、僕にとって桐生は桐生だ。僕は君さえ、傍にいてくれればそれでいいんだ。それだけでもう、満足なんだ」

「…………長瀬…………」

僕の名を呼ぶ桐生の顔が、一瞬歪《ゆが》んだ、と思った次の瞬間、僕は強い力で彼に抱き締められていた。

「……長瀬……」

背骨が折れそうなほどきつく僕を抱き締めながら、桐生が耳元でまた僕の名を呼ぶ。

「……愛してるんだ……」

僕も彼の背をきつくきつく——二度と惑うまいという思いを込め、強く強く抱き締め返すと、腕の中で桐生の身体が、一瞬、びくっと震えたのがわかった。

「愛してる」

更に強く抱き締め、同じ言葉を——胸に滾る思いを繰り返し口にする。

「……俺もだ……」

耳元で響く桐生の声は、少し掠《かす》れ、震えていた。頼りなく聞こえるその声音《こわね》にますます愛しい思いがかきたてられ、僕は彼の背をしっかりと抱き返しながら、何度も何度も、

「愛してる」

と告げ続けたのだった。

六時にはもう、桐生はマンションを出て駅へと向かわねばならなかった。

「車は置いていくから」

週末に取りに来る、という桐生を、本当は彼の車で駅まで送りたかったが、まだアルコールが残っていたためかなわなかった。

「……ほんと、ごめん」

タクシーで駅へと向かう道すがら、そう詫びると桐生は、笑って「いいさ」と僕の謝罪を流してくれたあと、ポケットを探り車のキーを渡してきた。

「好きに乗ってくれてかまわないから」

「あ、週末は僕が車で東京に行こうかな」

ふと思いついたことだが、我ながらいいアイデアだと思ったのに、桐生は顔を顰めた。

「なに？」

「無事に着くかどうか、何時間も心配するのは嫌だな」

「心配なのは車か？」

失礼な、とむっとしてみせると、桐生がぷっと吹き出し、僕の頭を軽く小突く。

「本当に『車』と答えたらどうするんだ」

「確率としては半々だと思ったんだけど」

こうしてふざけ合うことができるようになり本当に幸せだ、と桐生を見る。桐生も同じことを考えたのか、ふっと笑うと、運転手に気づかれぬように掠めるようなキスを僕の髪に落とし、身体を離した。

「どうせ再来週から出張だからな。当分、名古屋に置いておくよ」

「……あ、そうか……」

いよいよアメリカ出張か、と気づいた僕の口から、思わず溜め息が漏れる。

「三週間なんてあっという間だ」

桐生はそう笑うと、またも運転手に気づかれぬよう、僕の手をそっと握りしめた。温かなその手を僕もぎゅっと握り返す。

更に強い力で握り返してくれたあと、桐生はさりげなく手をすっと抜くと、ポケットを探りスマートフォンを取り出した。

「日曜日のフライトにしてもらった。いつもの六便だ」

「わかった。見送りに行くから」

再来週のことなのに気が早いかと思いつつそう言うと、

「無理はするなよ」

と桐生が笑ってみせる。

「万難を排していく」

「オーバーだな」

またもふざけ始めたところで車は名古屋駅に到着し、僕たちはいつものように二人一緒に新幹線のホームへと向かった。

結構ギリギリになってしまい、ホームに上がるとすぐに、間もなく新幹線が到着するというアナウンスが入った。

「それじゃあ、本当に気をつけて」

夜中運転をし続けたのだ。さぞ疲れているだろうと案じ、桐生を見上げる。

「東京まで寝ていくさ」

桐生はそう笑ったあと、いつものように人目を気にしたキスを落としてくることなく、じっと僕を見下ろした。

「なに？」

どうしたの、と問いかけると、桐生が少し言いづらそうに言葉を告げる。

「……姫宮が退院したら教えてくれ。電話ででも、一度彼に詫びたいと考えている」

「……え……？」

思いもかけないことを言われ、戸惑い問い返した僕に、桐生が少しバツの悪そうな顔のまま言葉を続ける。

「お互いに納得した形で別れておけば、今回のようなことにはならなかったと思う。今まで、彼に対して罪悪感を持ったことは正直な話、一度もなかったが、今は悪いことをしたと思っている」

「……桐生……」

思わず名を呼んだそのとき、新幹線がホームに入ってきた。と、桐生は何を思ったのか僕に近く顔を寄せ、こそりとこう囁《ささや》いてきた。

「今まで人を愛したことがなかったからな。人の心の痛みがわからなかった」

「………………」

そう言い、身体を離した桐生が、ぽん、と僕の肩を叩く。

「お前が教えてくれたんだ」

「桐生」

桐生は酷く照れた顔をしていた。対する僕の顔も真っ赤になっていたと思う。

「それじゃあな」

開いた扉から桐生が新幹線に飛び乗り、僕を振り返って笑ってみせる。

「桐生！」

名を呼んだときにはすでに、扉は閉まっていた。そのままゆっくりと走り出す車体に添って数歩歩いたところでホームにいた人にぶつかりそうになり足を止める。

「す、すみません」

慌てて詫び、目を上げるともう、ガラス越しに見えていた桐生の姿は遠く離れ見えなくなっていた。

『今まで人を愛したことがなかったからな』

彼の言葉が僕の耳に蘇る。

『お前が教えてくれたんだ』

僕も——僕も桐生と出会うまで、本当の意味で人を愛したことなどなかった。

愛を知ったからこそ、桐生は人の心の痛みを知り、愛を知ったからこそ、僕は人を——桐生を彼の過去ごと愛しく思うことができるようになった。

改めて『愛』なんていうと、なんだか気恥ずかしいが、僕を、そして桐生を変えたのはやはり『愛』の力なんじゃないかと思う。

桐生に思いやりを、僕に強さを与えてくれた『愛』は、二人の間に存在するものであり、おそらく——いや、きっと、二人して育《はぐく》んできたものだ。

二人の間で育てた愛がお互いを成長させている。それはなんて幸福なことだろう。

数日前と同じく新幹線のホームに立ち尽くしながら僕は、数日前に心に抱えていた不安とは正反対の温かな思いを一人噛みしめていた。

出社するとすぐに僕たち課員全員が小山内部長に呼ばれ、姫宮が当分休暇を取る旨が伝えられた。

「課長、どうされたんですか？」

皆が衝撃を受ける中、神谷さんが心配そうに問いかけたのに、小山内部長は、さもたいしたことはない、というように微笑み状況を説明した。

「本格的に体調を崩してしまったそうでね、ひと月ほど実家で静養するということだった。もともと彼は身体がそう丈夫じゃなかったところにもってきて、無理が出てしまったようだ。一月後には元気な姿を見せてくれるはずだよ」

「だから最近、顔色悪かったのか」

「大丈夫でしょうかねえ」

木場課長代理や愛田も心配そうに囁き合っている。ここで僕一人が冷めていては不自然かとは思ったものの、やはり『心配ですねえ』といった空々しい言葉を口にすることはできなかった。

「当面、姫宮課長の業務は僕が代行するから。たまには真面目に働かないとね」

部長がわざとふざけたことを言い、笑いを取ろうとする。

「問題発言ですよ、それ」

それに神谷さんがまず乗り、場は笑いに包まれた。

席に戻ってから僕は姫宮の容態が気になり、メールで部長に状況を聞いてみた。部長からはすぐに返信がきたが、それには、

『心配には及ばないよ』

とだけ書かれていた。

それでも気になってしまったので、その日僕は定時で上がると、一人でこっそりと姫宮が入院している病院へと向かった。

とはいえ、正式に見舞うつもりはなかった。姫宮が僕に会いたいかどうかを考えたとき、どちらかといえば会いたくないんじゃないかと思ったからだ。

多分、看護師は僕のことを覚えているだろうから、密かに容態を聞こう。病室は覚えているので、もしも可能だったらそっと中を覗いてみよう。

そう思い、病室のあるフロアでエレベーターを降りたのだが、扉が開いた途端に、運が悪いというか良いというか、ちょうどエレベーターに乗り込もうとしていた姫宮と顔を合わせてしまった。

「あ」

「…………」

驚きの声を上げた僕を、姫宮は無言で見やったが、すぐにすっと身体を引き、エレベーターの前を離れた。

「あ、あの……」

乗らない、という意思表示をしたらしい彼に対し、どう接していいか迷いながらも僕はエレベーターを降り、すぐ傍に立った。

何か話さなければ、と思うが、なかなか言葉が出てこない。姫宮もまた、目を伏せたまま何も喋る気配がなかった。

居心地の悪い沈黙が続く中、ちらとそんな姫宮の様子を窺《うかが》った僕は、元気かどうかは別にして、こうして立って歩いている姿を見ることができたからもういいか、と、思い、この場を辞することにした。

「失礼しました。どうかお大事になさってください」

お大事に、というのは変だろうかと思いながらも、それだけ言い切ると、エレベーターの近くにあった階段へと向かおうとしたのだが、そのとき僕の耳にやや高めの姫宮の声が響いた。

「長瀬君、少し時間、あるかな？」

「えっ？」

てっきり無視されると思ったのに、いきなり話しかけられ、驚いて僕は振り返ったと同時に大きな声を上げてしまったのだが、すぐに今の状況を把握すると、

「はい」

と頷き、姫宮を見返した。

「そう時間はとらせない」

姫宮が僕からすっと目を逸らし、先に立って歩き始める。どこに行こうとしているのか、とあとに続いた僕は、姫宮が病室に戻りつつあることを察した。

「どうぞ」

部長が手配した彼の病室は個室だった。話をするのにこれほど最適な場所はないだろう、と僕は招かれるまま個室へと入った。

「その椅子にでも座ってくれ」

姫宮が、ベッドの脇の壁に立てかけてあったパイプ椅子を目で示す。

「お茶はペットボトルが冷蔵庫に入っている」

椅子を開いている僕に、姫宮がそう声をかけてくる。

「いえ、どうぞ……」

おかまいなく、と言いかけ、自分が手ぶらであることに今更のように気づいた。

「すみません……」

見舞いに来たのに手ぶらとは、とそれを詫びた僕に姫宮は、謝る必要はない、と言いたげに首を横に振り、自分はベッドに腰を下ろした。

「………」

そのままじっと僕を見つめているのは、座れという意味だろうと察し、椅子に腰を下ろす。それでも姫宮はじっと僕を見つめていて、居心地の悪さから僕は、咳払《せきばら》いをし、自分から話しかけてみようと口を開いた。

「あの、傷、痛みますか？」

「長瀬君、君には迷惑をかけたね。申し訳なかった」

僕が喋り出したのと同じタイミングで、姫宮が声を発する。

「あ、いえ……」

慌てて首を横に振ると、姫宮はようやく僕から目を逸らし、細い声でぼそりと呟いた。

「自分でもなぜ、こんな馬鹿げたことをしてしまったのかと呆《あき》れている。本当に死にでもしたら、君に甚大な迷惑をかけるところだった」

「いえ、僕はいいんですが、それより……」

もしも姫宮が死んだりしたら、部長がどれだけ悲しむと思うか、それをわかってほしい、と訴えかけようとしたのだが、姫宮は最初から僕の言うことなど聞くつもりはないようで、僕の言葉にかぶせ話し始めた。

「詫びたところで許してもらえるようなことじゃないが、今までさんざん、嫌な思いをさせて悪かった。退職する前に君には直接会って詫びなければと思っていたから、今日、来てくれて助かった」

「ちょ、ちょっと待ってください。退職って？　一ヶ月ほど休まれるんじゃないんですか？」

辞めるなんて聞いてない、と思わず口を挟んだ僕に、姫宮が目を見開き逆に問い返してくる。

「誰がそんなことを？」

「小山内部長が……」

「……ああ、そう……」

僕の答えに姫宮は苦笑し、首を横に振った。

「既に辞意は小山内部長に伝えてあるんだが」

「本当にお辞めになるんですか」

退職するなどと言えば、課員が動揺すると部長は思ったのだろうか。それとも――僕の問いに姫宮は、また苦笑しつつ答えてくれた。

「辞めるつもりだ。部長は辞めさせないなんて、馬鹿なことを言ってたけれど」

ふふ、と笑う姫宮は、酷くさっぱりした表情をしているように見えた。だがその顔は、何かを振り切ったというよりは、自棄《やけ》になっているとしか見えなくて、僕は思わず彼に退職の理由を問い質してしまった。

「どうして辞めるんですか。今回の件を部長が会社に伝えるとは思えないし、それに、あの、僕への……」

いやがらせの件だって、と言いかけたものの、ストレートすぎるかと代替の言葉を探すために思わず黙り込む。

課長はそんな僕に向かってやれやれ、というような顔で笑い、

「君を陥れようとしたことだって、だろう?」

と、ストレートにそう言うと、返事に困りまた黙り込んだ僕に代わり口を開いた。

「仰《おっしゃ》るとおり、小山内さんから、その件も会社に知らせるつもりはないと言われた。自分の胸に納めておくと。だからって、ああ、そうですか、なら辞めません、というわけにはいかないだろう?」

「なぜです?」

わからなかったから問い返したのに、それに対して姫宮は思いもよらず大声を出した。

「わからないのか!!」

「……っ」

それまでどちらかというと、耳を澄まさなければ聞き取れないような小さな声で話していた彼が、突然声を張り上げたものだから、僕は驚き息を呑んだ。

「……ああ、ごめん」

顔に驚きが出たのか、姫宮がはっとしたような表情になったあと、薄く微笑み詫びてくる。

「……いえ……」

気にしていない——というのは嘘だが——と首を横に振ると、姫宮は、僕の心の声が聞こえたのか、ふっと笑い、再び静かな声で話し出した。

「……会社を辞めるのはね、自分が惨めだからだ」

「…………」

自嘲というに相応しい笑みを浮かべ、姫宮がぽつりぽつりと語り始める。

「君が——そして隆志が考えているとおり、君への嫌がらせの動機は嫉妬だった。僕がたった二ヶ月で隆志に振られたというのに、君は隆志に愛され続けている。それが妬《ねた》ましかった」

姫宮はそう言うと、顔を歪めるようにして笑い、僕を真っ直ぐに見つめてきた。

「隆志は僕にはっきりと、好きな相手の身代わりとして抱いただけだと告げた。僕のことなど好きでもなんでもなかったと。これには酷くプライドが傷ついてね、彼が好きな相手というのは誰だろうと探したよ。結局わからないまま僕は名古屋に転勤になり、隆志もまた会社を辞めたと聞いて、もう彼のことなど忘れようと思っていた。実際忘れられてもいたんだ。でも去年、東京に出張した際、偶然隆志と君が一緒にいるところを見かけてしまった」

姫宮が懐かしむような目になったが、それはあまり『いい思い出』ではないことは彼の苦しげな顔からわかった。

「銀座の寿司店だった。隆志と君は酷く親しげで、それだけでも充分嫉妬に値したが、何より僕を嫉妬させたのはそのときの隆志の顔だった」

「…………」

桐生はどんな顔をしていたのか、と僕といるときの彼を思い浮かべる。

特別嬉しそうでもない、ごくごくふつうの表情しか浮かばないでいた僕の頭の中が見えるのか、姫宮はふっと少し馬鹿にしたような感じで笑うと苦々しげに言葉を続けた。

「隆志は楽しそうに笑っていた。僕と二人でいるときには決して見せない顔だと気づいた瞬間、頭の中が真っ白になった。そのとき接待中だったが、接待どころではなくなった。それで同行者に気分が悪くなったから、と嘘をつき、店の外に出て君たちが出てくるのを待った。あとをつけるために」

姫宮が自嘲し、肩を竦める。

「馬鹿げた行動だと勿論わかっていた。気づかれたらなんと言い訳をする気かとも考えたが、それでも待たずにはいられなかった。間もなく君たちは店を出て、そのまま二人並んで歩き

始めた。タクシーにも電車にも乗ることなく、歩く二人を距離をとって追いながら僕は、ずっと自己嫌悪の念に苦しめられていた」

ここで姫宮がふと僕を見て、

「馬鹿だろう？」

と問いかけてきた。

「……………いえ……………」

馬鹿、とは思わなかった。桐生と銀座や築地の寿司屋に行ったことは何度かある。アルコールも入っているし、歩けない距離ではないので、帰りはたいてい二人で歩いてマンションまで帰っていた。

姫宮に見られたというのは、そのうちのどの店でのことだったのだろう。

店内や路上では人目を気にしてそうべたべたはしていないと思うが、一度か二度、信号待ちのときに周囲に誰も人がいないのをいいことにキスをしたことくらいはあった気がする。

まさかそういうところを見られてはいないよな、と僕は、そのときそのときのシーンを必死で思いだそうとした。

「馬鹿げているよ」

ふふ、と姫宮が笑い、再び肩を竦めたあとに話し出す。

「結構酔っていたのか、二人は僕に気づくことなく話題の高層かつ高級マンションに入っていった。エントランスの前で僕は、君が出てくるのを数時間、待っていた。そのうちに君が隆志の同期であることを思い出したんだ。一度、社内で隆志と一緒にいたところを見かけたな、と。結局君は朝になってもマンションを出てこなかった。一人夜通しマンションの前に立っていた自分は本当に馬鹿だと思ったよ。君と隆志が楽しげに話している姿や、ベッドインしている姿を想像すればするだけ惨めで惨めで仕方なかった」

姫宮はまるで何かに憑《つ》かれたかのような感じで喋り続け、僕は口を挟むこともできずに彼の話を聞いていた。

「……僕が次に起こした行動は、君の名前や所属についての情報を得ることだった。人事に親しい同期がいたからね、隆志が退職した当時のことや、親しかった同僚についてこっそり調べてもらった。表面上は依願退職になっているが、何か人事のトップしか知らない秘密事項があると聞き、それにかかわっているらしい同期がいた、と写真を見せられ、それが君だとわかった。同時に君が独身寮に殆《ほとん》ど帰らず問題になっているということも聞き、おそらく隆志と同居をしているんだろうともわかった。隆志が他人を家に入れるなんて信じられなかったよ。何ヶ月も関係が続くことだって信じられなかった。確かに君は綺麗な顔をしている。が、特別何かに優れているという話は聞こえてこない。なのになぜ、隆志は君を選んだのか。なぜ僕では駄目だったのか——東京で君たちを見かけたその日から、毎日そんなことばかり考えていた……」

姫宮が言葉を切り、はあ、と溜め息を漏らす。喋り疲れたのか、顔色が悪くなっている気がした。

「あの、横になられたほうが……」

休んだほうがいい、とおずおず切り出した僕の心配を姫宮は「大丈夫だ」と一言で退け、また話を再開した。

「そんなときに、名古屋と東京本社間の、若手のローテーションの話が持ち上がった。対象の本部の中には君がいる。君と隆志を引き離すチャンスだと気づくともう、実現させずにはいられなくなった。それで小山内部長に君を推薦したんだ。部長は僕と隆志のかかわりも、勿論君と隆志のかかわりも知らないから、直属の上司になる僕がそう言うのなら、と簡単に希望を通してくれた。これで二人の間には距離が生まれた。いい気味だと思っていたのに、部長のマンションからの帰り、またも偶然、君と隆志の姿を見かけてしまったんだ」

また、姫宮が苦しげに息を吐く。

「課長、どうか横になってください」

そのほうが絶対楽だと思うから、と僕が勧めても姫宮は頑《かたく》なまでにベッドに座り、背筋を伸ばしたままの姿勢で話を続けた。

「小山内部長と同じマンションに君が住むとわかったとき、隆志絡みだとすぐわかった。彼の父親の職業が不動産関係だということを覚えていたからね。相変わらず、君と隆志は楽しげに話していて、二人の仲はこの上なく良好だと思い知らされた気がした……また自分が酷く惨めに思えてね。それで君にあんな嫌がらせをしてしまった」

申し訳なかった、と、姫宮が深々と頭を下げる。

「いえ、もうそれは……」

済んだことなので、と姫宮の謝罪を退けたのは、彼の顔色が本当に悪かったためだった。青いというか白いというか、これはナースコールを押すレベルなんじゃないか、とベッドに駆け寄り課長の顔を覗き込む。

「本当に寝てください。看護師さんを呼びましょう。無理はしないほうが……」

「大丈夫だから」

姫宮は僕の手を振り払おうとしたが、指先は冷たく、力は殆ど入らないようだった。やはり看護師を呼ぼう、とナースコールに手を伸ばし、ピンクのボタンを押した。

『どうしましたぁ？』

スピーカーから若い看護師の、優しげな声が響いてくる。

「すみません、とても具合が悪そうです。顔色ももう真っ白で……」

「大丈夫だと言ってるだろう」

ナースコールに向かい、容態を説明しようとする僕の声を遮るようにして、姫宮が大きな声を張り上げたが、それはとても『大きい』といえるような声ではなかった。

『すぐ行きますね』

看護師には姫宮が興奮している様子が無事に伝わったようで、短く答え、すぐスピーカーが切られる音がした。

「……余計なことをしないでくれ……」

姫宮が僕を睨み、横たわらせようとして腕を掴んでいた手を振り払う。

「罵《のの》られて当然のことをしたというのに、君が僕を簡単に許すのは、隆志に愛されているがゆえの余裕からか？　身代わりにされた僕を哀れんでいるのか？」

「違います、そんなはず、ないじゃないですか！」

血の気のない顔で喚《わめ》く姫宮の姿が、彼が手首を切ったときの姿と重なって見えた。また自分を傷つけるような行動に出たらどうしよう、とおろおろしていたそのとき、ノックと共に扉が開き、

「大丈夫ですか？」

と言いながら、看護師と若い医師が病室に駆け込んできた。

「姫宮さん、落ち着いてください」

医師が優しげに姫宮に話しかけ、

「すみません、外に出ていてもらえますか？」

看護師が僕に小声でそう告げる。

頷き、病室をあとにした僕の背に、姫宮の悲痛な声が刺さった。

「僕をこれ以上、惨めにさせないでくれ……っ」

そんなつもりはなかった。姫宮と自分を比べ惨めな思いをしていたのは僕のほうだ。そう訴えかけたかったが、そんな場合じゃないことは看護師や医師に注意されるまでもなくわかっていたので、僕は彼らの指示に従って部屋を出た。

ドアの前で暫く待っていると、医師と看護師が出てきたので姫宮の容態を聞いた。

「安定剤を打ちましたので。今は落ち着いています」

医師はそう答えてくれたものの、これ以上患者を興奮させないように、と釘を刺すことも忘れなかった。

僕は顔を見せないほうがいいんだろうが、このまま彼を一人残して帰るのも心配だった。どうしようかな、と、扉の前に佇んでいた僕の頭に部長の顔が浮かぶ。

そうだ、部長に来てもらおう、と決めたそのとき、その部長の声が響いた。

「長瀬君？」

「あ……」

視線を向けた先には、綺麗な花のアレンジメントを抱えた小山内部長の姿があった。

「姫宮君のお見舞い？」

「……あの……」

にこにこと問いかけてきた彼に僕は、さきほどまでの状況をざっと説明し、今、姫宮は安定剤を打たれて眠っているそうだと伝えた。

「……そうか……」

部長はなんともいえない顔をしていたが、僕が「申し訳ありませんでした」と姫宮を興奮させたことを詫びると、すぐ笑顔になり首を横に振ってみせた。

「君が謝る必要はないさ」

「……しかし……」

必要がないことはないと思う、と続けようとした僕に対し、部長がぱちりとウインクをしてみせる。

「大丈夫。あとは任せてくれ」

それじゃね、と部長は微笑み、アレンジメントを手にそっと開いた姫宮の病室の扉から室内へと入っていってしまった。

「…………」

耳を澄ませたが、姫宮は眠っているのか室内から声は聞こえてこない。部長が来たからにはもう安心だろうと、頭ではわかっていたが、やはり僕の足はその場から動かなかった。

惨めだ、惨めだ、と繰り返していた姫宮の声が耳に残り、なかなか消えていってくれない。

桐生が詫びたいと言っていたことは、今は伝えないほうがいいだろう。後ろ髪引かれる思いはしたが、やはりここは部長に任せるべきだと——僕はこの場から立ち去るべきだと判断し、そっと病室前を離れた。

タクシーで家に戻る道すがら、携帯を取り出し桐生の番号を呼び出した。画面を見つめる僕の耳に、桐生の声が蘇る。

『今まで人を愛したことがなかったからな』

声が聞きたいな、と思ったが、今、彼と話すのは姫宮に悪い気がしてそっと携帯をポケットに戻した。

恋愛というのはどちらが悪いというものではないだろうが、過去に桐生が姫宮の心を傷つけたのは事実だ。その償いを彼はするべきだろう。

僕自身ができることは、そんな桐生を見守ることだけだけれど、彼の謝罪が受け入れられ、姫宮が立ち直る姿をも見守っていきたい。

不遜すぎるだろうかと思いながらも僕は、そう願わずにはいられなかった。

10

姫宮は長期休暇扱いとなり、その間の課長職は小山内部長が兼務することになった。

「なんだ、今こそ本当の『課長代理』になれると思ったのに」

木場課長代理はふざけてそう笑っていたが、彼も、そして愛田や神谷さんも、勿論僕も、新しい課長が配属されなくてよかった、と胸を撫《な》で下ろした。

姫宮が実際、本当に実家に戻っているのか、それともまだ入院しているのか、病院を訪ればわかることだが、敢《あ》えて僕は行かずにおいた。

姫宮には部長がついている。次に彼に会うときは会社で、お互い何ごともなかったように単なる上司と部下として顔を合わせるのがいいだろう。そう思ったからだった。

金曜日になると課長不在にも多少は慣れ、課内も少しは落ち着いてきた。課長兼務となり、部長はさすがに目に見えて忙しくなったが「今までがサボり過ぎてたんだよ」と本人は少しも苦にした素振りを見せなかった。

週末、桐生は名古屋に来るといったが、今回は僕が東京に行きたいと希望を通した。金曜日の終業後、六時過ぎに会社を出て、そのまま名古屋駅に向かい新幹線に飛び乗った。九時前には到着するが、夕食の予定は？　と桐生にメールをすると、桐生からは家で食べようという返事があった。

桐生が作るのか、それとも何かデリバリーをとるのか。何より、そうも早く帰宅できるのかと心配になり、それをメールすると、ひとこと、

『心配するな』

とだけ返信があり、逆にますます心配になってしまった。

だが、あまり頻繁にメールを打つのもかえって仕事の邪魔になると我慢し、その後は僕も持ち帰ることになった仕事をモバイルパソコンでやり始めた。

そのうちにうとうとしてきてしまい、はっと気づくと新横浜駅を出るところで、結局殆ど寝てしまったか、と自分の駄目っぷりにうんざりしつつも、そのあとは間もなく桐生に会えることが嬉しくて仕事が手につかず、全く進まぬままにモバイルを閉じることになった。

工事中の東京駅でタクシー乗り場を探すのにちょっと迷った。金曜日の夜だからか並んだ乗り場は混んでいて、こんなことなら地下鉄にすればよかったと自分の選択を悔いつつも、ようやく順番がきて車に乗り込んだ。

東京駅から築地のマンションまでは千円程度の距離である。おしゃべりな運転手に相槌を打っているうちにマンションに到着し、お金を払って車を降りた。

インターホンを鳴らすかどうか迷ったが、鍵は持っているのだからと思い、そのままエン

トランスを駆け抜ける。時刻は九時ちょっと前で、思った以上に早く到着できた、と自己満足しつつエレベーターに乗り込み、三十八階のボタンを押した。

運良く無人だったエレベーターはすぐに指定階に着き、桐生の部屋まで走る。さすがにドアチャイムは鳴らそうかな、と思いつつ、鍵を開けながらチャイムを鳴らした。

『はい』

ドアホンから桐生の声が響いてきたときには既にドアを開き、玄関に入っていた。

「ただいま」

ドアホン越しではなく直接声をかけると、リビングの扉が開き桐生が顔を出した。

「早かったな」

「うん」

今帰宅したばかりなのか、スーツの上着すら脱いでいない桐生に駆け寄り、抱きつく。

「ただいま」

「おかえり」

桐生の腕が背に回り、ぎゅっと抱き締め返してくれたあと、微かに身体を離した彼に唇を塞がれた。

「ん…………」

久しぶりのキス――身体を重ねてはいたものの、距離を感じていた先週が嘘のように、今、桐生を本当に近くに感じる。

物理的な距離じゃなく、互いの心がごくごく近いところにあるのがわかる。それが嬉しいとしがみつき、尚も唇を貪《むさぼ》ろうとすると、桐生が薄く目を開け、僕を見下ろしてきた。

「……なに？」

「夕飯、まだなんだろ？」

「……桐生は？」

「まだだ」

会話の流れとしては、まず食事をとろう、という方向に進んでいるはずなのに、二人とも互いの背を抱く腕は緩まず、それどころか会話の合間合間に唇を重ねている。

「…………」

「…………」

思いは一緒、と目を見交わし合った途端、思わずくすっと笑ってしまう。

「何を笑ってるんだか」

そう言う桐生もまた笑っていて、僕たちは互いの背に片腕を回したまま共に廊下を進み、真っ直ぐに寝室へと向かった。

早く抱き合いたいと気が急いているせいで、寝室に入ると僕たちは一言も喋らずに服を脱ぎ始めた。

そう焦らなくても、週末はずっと一緒にいられるというのに、少しでも早く桐生の体温を感じたい、その気持ちを抑えることができない。

ようやく服を脱ぎ終え、桐生を振り返ろうとしたとき、すぐ背後まできていた彼にベッドに押し倒された。

深いくちづけ――きつく舌を絡め合う、痛いほどの激しいキスに、早くも頭がくらくらしてくる。

僕の雄が既に熱を持っているように、桐生のそれもまた勃起しつつあった。熱い雄の先端が肌に触れるたび、ぞくぞくとした刺激が背筋を上りどうにも我慢できなくなる。

「……ぁっ……ん……っ」

くちづけを交わしながら桐生の手が僕の胸をまさぐり、乳首をきゅっと摘《つま》み上げる。びく、と身体が震えると同時に、じんとした痛みが熱と共にぱっと肌の上を広がり、鼓動が一気に跳ね上がった。

「や……っ……ん……っ……んん……っ」

丹念に丹念に、桐生が乳首を苛《いじ》めていく。爪を立てられたり、強く引っ張られたりと、間断なく刺激を与えられ続けるうちに、羞恥はすっかり身を潜め、欲望が僕の身体を動かし始めた。

早く欲しい、という思いのままに両手を桐生の雄へと伸ばし、太いその竿《さお》を握ると、どくん、と脈打ったあとそれは更に体積を増し、堪らずごくりと唾を飲み込んでしまった。

ゆるゆると扱《しご》き上げつつ、先端に指を滑らせる。その間にも桐生は僕の唇を塞ぎながら、胸を弄《いじ》り倒していた。

「やだ……っ……あっ……あっ……」

両方の乳首を彼の指が、これでもかというほど抓《つね》り、まさぐり、摘み上げる。強い刺激を受けるたびに僕の身体の火照《ほて》りは増し、鼓動が早鐘のように打ち始めた。知らぬうちに彼の雄を握り締める手にも力がこもり、先端から滴り落ちる先走りの液を雄全体に塗り込めるようにして激しく扱き上げていく。

自分の手によって立てられる、ぬちゃぬちゃという濡れた音にますます昂《たか》まる思いがする。早くこれが欲しい、という願望は身体に正直に現れ、気づいたときには僕の両脚は桐生の下で大きく開いてしまっていた。

「…………」

すぐに気づいた桐生が、キスを中断し、くす、と笑う。

「……あ……」

彼の視線を追い、ようやく自分のはしたない振る舞いに気づいた僕は慌てて脚を閉じようとしたが、一瞬遅く、すっと身体を起こした桐生に両脚を抱え上げられてしまった。

「やだ……」

大股開きとしかいいようのない己の格好に、今更の――本当に今更の羞恥が込み上げてくる。

だが、彼が身体を起こした弾みで僕の手から離れた彼の雄が、自身の腹にくっつきそうなくらいに屹立《きつりつ》し、先走りの液で濡れてぬらぬらと光っているさまが目に飛び込んでくると、羞恥の念は早くも薄れ、食い入るようにそれを見つめてしまっていた。

「欲しいか」

またも桐生がくすりと笑い、屹立した自身の雄に目を落とす。

「ん……」

コクリと首が縦に振られる自分の行動を、抑えることはできなかった。そんな僕を見て桐生は一瞬目を見開いたあと、『正直すぎるだろう』といった意地悪を言うことなく、わかったというように頷くと、いきなり僕のそこに顔を埋めてきた。

「やぁっ……」

両手で押し広げた後孔に桐生がむしゃぶりついてくる。ざらりとした舌の感触を得た途端、内壁が待ちわびていたかのようにひくひくと激しく収縮したのはさすがに恥ずかしかった。

「もう……っ……あっ……」

舌のあとに挿入された指がぐいぐいと中を抉《えぐ》る。長く繊細な指先に乱暴なくらいの強さでかき回される間、僕の腰はそれこそ物欲しそうに、くいくいと上下に動いてしまっていた。

「はやく……っ……あっ……」

ほしい、と桐生を見つめ、訴えかける。指では足りない。もっと奥深いところまで満たしてくれるものが欲しいのだ、という僕の望みは、すべて口に出さずとも桐生に正しく伝わったらしい。

またも、わかった、というように彼は微笑むと僕の両脚を抱え直し、勃ちきっていた逞《たくま》しい雄を、突き上げを待ちわびひくついていたそこへとねじ込んできた。

「あぁっ」

一気に奥まで貫かれ、自分の背が大きく仰《の》け反ったのがわかる。同時に高い声が唇から漏れたが、その声は桐生が激しく腰の律動を始めるとますます高くなっていった。

「あっ……あぁっ……あっ……あっ……あっ」

ズンズンとリズミカルに桐生が僕を力強く突き上げてくる。早い速度で激しく突き上げられ、僕はあっという間に快楽の絶頂へと導かれていった。

「あぁっ……桐生……っ……きりゅう……っ」

互いの下肢がぶつかり合うときに、パンパンと高い音が立つほど、激しく腰をぶつけてくる桐生の雄が、僕の奥底に突き刺さる。内臓がせり上がるほどの奥深いところを太い雄で突き上げられるその刺激に、内壁を擦《こす》り上げ擦り下ろすその摩擦熱に、ますます快楽を煽《あお》られ、わけがわからなくなってきた。

「もう……っ……あぁっ……もうっ……」

頭の中が真っ白になり、閉じた網膜に極彩色の花火が何発も上がる。喘《あえ》ぎすぎて息は乱れ、苦しささすら覚え始めていた僕の肌は今にも火傷《やけど》しそうなほどに熱く熱していた。

熱いのは肌だけじゃなく、身体じゅうのどこもかしこも熱かった。流れる血液も、吐く息も、脳すら沸騰しそうな熱におかされ、意識が朦朧《もうろう》としてくる。

「いく……っ……あぁっ……いきたい……っ……いきたい……っ……きりゅ……っ」

酷く甘えた声が、遠いところから聞こえてきたが、それを自分が発しているものだという自覚は、既に僕にはなかった。

薄れる意識の中、ふと目を開いた先で、桐生が苦笑めいた笑いをうかべたかと思うと、抱えていた僕の片脚を離し、その手を二人の腹の間に差し入れた。

「あーっ」

勃ちきり、先走りの液に塗《まみ》れていた僕の雄を握り、一気に扱き上げてくれる。昂まりきっていた身体は直接的な雄への刺激にあっけなく達し、僕は彼の手の中に白濁した液をこれでもかというほど飛ばしてしまった。

「……っ」

ほぼ同時に桐生も達したらしく、微かに眉を顰《ひそ》め少し伸び上がるような体勢となった。眉間に寄る縦皺《たてじわ》が酷くセクシーだ、と見惚《みと》れているうちに、ずしりとした精液の重さを中に感

じ、堪らず喘いでしまう。

「……ぁ……っ」

「まだ、したいのか？」

喘ぐと同時に腰が捩《よじ》れたのを見て、桐生は意地悪くそう笑うと、僕の両脚を抱え直した。

「ん……」

まだ足りない。まだ欲しい——僕の中であっという間にその雄が質感を取り戻していく桐生同様、僕自身の欲情もまた、早くも燃え立ち始めていた。

それゆえ素直に頷いた僕に、桐生はまた、少し驚いた顔になったあと、ふふ、と笑い、再びゆるゆると腰を動かし始めたのだった。


結局そのあと僕たちは三回互いに達した。最後は意識を飛ばしてしまった僕を桐生は介抱してくれたあと、シャワーも浴びさせてくれ、ようやく食事となった。

「………食欲、ない……」

疲れ果てていたせいで、桐生がせっかく用意してくれたというのに、どうしてもフォークが持ち上がらない。

「仕方ないな」

一方、運動量は同じのはずの——いや、どちらかというと能動的な動きをする分、桐生のほうが多いくらいだと思うのだが——桐生は、少しも疲れた素振りを見せず、白い綺麗な歯を見せながら次々と皿を空にしていった。

食事のあと、リビングでワインを飲みながら、僕たちはあれこれといろいろな話をした。

座っているのも辛いので僕は桐生にもたれかかっていたが、桐生に「寝るか？」と誘われたものの、寝てしまうのはなんだか惜しくて、暫くこうしていたいと我儘《わがまま》を言った。

桐生が気にしている様子だったので、僕は姫宮が長期休養となったことを伝え、本人は退職するつもりだったのを、小山内部長が辞めないよう説得しようとしているということなどを話した。

どうして姫宮が僕たちの関係を知り得たかということについても桐生は知りたがったが、その問いには、

「わからない」

と嘘を答えた。姫宮の告白を桐生に伝えるのは、本人が望んでいないのではないかと思ってしまったからだ。

桐生は多分、僕の嘘を見抜いていたと思われる。が、

「そうか」

と言っただけで、それ以上追及はしなかった。

小さな嘘は、だが、僕たちの間の障壁には最早ならなかった。それは、お互いの思いを疑う嘘ではなく、お互いを思いやるための嘘だと、どちらも口にせずともわかっていたからじゃないかと思う。

この先、桐生との間に別れが訪れる可能性はゼロじゃない。もう愛情を感じない、と振られる日が未来には待っているかもしれない。人の気持ちが永遠に続くなんて保証はどこにもない。

僕を疑心暗鬼に陥れたそういった考えに、もう不安を呼び起こされることはなかった。桐生の気持ちが僕からは永久に離れないと思っているからではない。お互い、気持ちが離れそうになったら再び近づけるよう努力すればいい。少なくとも僕はそうしたい、そう思えるようになったからだった。

姫宮によって作られた東京名古屋間という物理的な距離も、僕たちはこうして克服しつつある。この先、どんな障壁が立ちはだかろうとも、二人さえその気なら、きっと乗り切ることができると思う。

そうだよね、という気持ちを込めて桐生を見ると、

「ん？」

桐生は、どうした、というように僕を見返した。

「……愛してる」

ちょっと上手く説明できないや、と思い、すべてを総括する言葉を彼に告げる。

「俺もだ。愛してる」

間髪入れず桐生はそう返してくれたあと、僕の髪に顔を埋《うず》め、腰を抱き寄せてくれた。彼の温《ぬく》もりが僕に、更なる心の安定を呼び起こす。

「……愛してる……」

幸せだな、という思いから再びそう告げた僕をしっかりと抱き寄せ、桐生もまた同じ言葉を繰り返す。

「愛してる」

彼もまた胸に溢れる幸福感を嚙みしめてくれているといい。そう願いながら僕は彼の逞しい胸に顔を埋め、その背をしっかりと抱き締め返した。


翌週、いよいよ米国に三週間、出張することとなった桐生を見送るべく、僕は彼と共に会社の用意してくれたハイヤーで空港を目指した。

さすがにそんな車に同乗するのはどうかと躊躇ったが、桐生は「気にするな」と取り合ってくれず、車内でもいつも二人でいるときのように、ごくごく自然に振る舞っていた。

運転手の手前、さすがにキスやらハグやらはしなかったが、彼がしかけてくる会話は『友人』というより、どう考えても『恋人』に対するもので、なんと答えていいものかと僕はずっと冷や汗をかいていた。

運悪く道が混んでいたので、予定よりかなり遅い時間に成田空港に到着した。チェックインを早々にすませたあと、もう出国しなければ間に合わないか、とゲートへと向かったそのとき、背後で桐生を呼ぶ声がした。

「ボス、お時間少しよろしいでしょうか」

「……あ……」

聞き覚えのあるその声、そしてその呼びかけは、と、桐生と共に振り返った僕の目に、桐生の部下、滝来《たきらい》の姿が飛び込んでくる。

端麗な容姿、というのは彼のためにあると言っても過言ではない、綺麗な顔をした彼は、僕にも視線を向け、にっこりと微笑みかけてきた。

「ご出発前に申し訳ありません。先ほどＣＥＯの秘書から、間に合うようならとＣＥＯ宛の託送を頼まれまして」

そう言い、滝来が小ぶりの紙袋を桐生に差し出した。僕には馴染《なじ》みがなかったが、どうやら高級そうな和菓子店の袋らしい。

「………あなたから申し出たんじゃないですか？」

桐生はちらとその袋に目をやったあと、じろ、と滝来を睨んだ。

「信用がありませんね」

滝来が苦笑しつつ、尚も紙袋を差し出す。

「空港に秘書がピックアップにあがるとのことです。その際、お渡しいただければ」

「わかりました」

桐生は渋々といった感じで受け取ったが、滝来に向けられた眼差《まなざ》しは厳しいままだった。

「それではいってらっしゃいませ」

対する滝来は、桐生の睨みに動じる素振りも見せず、にっこりと微笑むと丁寧にお辞儀をし、その場を立ち去っていった。

「どうしたの？」

なぜそうも不機嫌になるのだ、と桐生を見上げる。

「……なんでも」

桐生は忌々《いまいま》しげに溜め息をついたものの、理由を僕に説明することはなかった。

「そう」

気にはなったが、話したくないものを無理に聞くこともないかと考え、話を終わらせようとしたが、不意に桐生が、

「悪い」

と詫びてきた。

「なに？」

「お前にあたってしまった」

バツの悪そうな顔で桐生はそう言うと、僕が聞き返すより前に自分の発言の説明を——不機嫌の理由を説明し始めた。

「滝来はどうも、俺をCEOに取り入らせたいらしい。それで彼の好物の和菓子をわざわざ届けにきたんだ。そういうことを俺がどれだけ嫌うか、わかった上でやるから始末に負えない」

「……そうなんだ……」

相槌を打ちながらも、なぜ滝来はそんなことをするんだろうと首を傾げた僕の疑問に答えるには、時間が足りなかったようだ。

「不機嫌な顔を見せて悪かった」

桐生はそう微笑むと、素早く周囲を窺ったあと、触れるようなキスを僕の唇へと落とした。

「……っ」

まさかこんなに人がたくさんいるところでキスをされるとは、と僕が目を丸くした、その顔が余程面白かったのか、桐生は声を上げて笑い、それで彼の機嫌は上向いたようだった。

「鳩が豆鉄砲を食らったようだな」

「いきなり、びっくりするだろっ」

誰かに見られたんじゃないか、と慌てて周囲を見回す僕を見て、桐生はまた笑うと、

「それじゃ、いってくる」

とウインクし、出国ゲートへと向かっていった。

「いってらっしゃい」

三週間会えない分の抱擁は、家を出る前にさんざんしてきたとはいえ、やはり寂しさが募る、と僕は彼の姿が手荷物検査のゲート内に消えるまで、ずっと見送ってしまった。

桐生は何度か振り返り、そのたびに僕に苦笑してみせたが、いよいよ検査の順番がくると、僕を振り返り、

『愛してる』

と声には出さず、唇を動かしてみせた。

『愛してる』

同じく僕も唇を動かすと、桐生はニッと笑って片目を瞑《つぶ》り、ゲート内へと消えていった。

行ってしまった——姿が見えなくなったあとも僕は暫くその場に佇んでいたのだが、いつまでここにいたとしても桐生の姿を再び見ることはできないか、とようやく諦め、帰路につくことにした。

三週間という長期間、桐生に会えないのは辛い。もしも二、三日休暇が取れるようなら、彼に会いにいってしまおうか。土日を挟めば余裕で往復できるし、いきなり行って桐生を驚かせるのもいいかもしれない。

いや、でも遊びで行っているわけではないので、彼にも都合ってものがあるよな。やはり内緒で行くのはリスキーか、などと考えながら、成田エクスプレスに乗るべく空港内を歩いていた僕の目の前に不意に人影が差した。

「長瀬さん」

「滝来さん……」

こんにちは、と会釈をして寄越したのは、先ほど立ち去ったはずの滝来だった。何か僕に用なんだろうか、とつい身構えてしまったのは、かつて彼から、自分は桐生が好きだったと告白されたことがあったためだ。

「すみません、待ち伏せをしていたわけじゃないのです」

そんな僕の心が読めるのか、滝来は苦笑してみせたあと、

「今、ちょうどお姿を見かけたもので。よろしければご自宅までお送りしましょう」

「いえ、そんな……結構ですので」

桐生は滝来の上司だが、僕と彼は単なる顔なじみでしかない。送ってもらうなんて義理はないし、第一僕はこれから真っ直ぐに名古屋へと帰るつもりでいた。

それで滝来の申し出を断ったのだが、滝来は僕が遠慮をしていると思ったようだ。

「そう仰らず。どうせ都内に戻りますので」

「本当に結構です」

固辞したが、押しの強さではかなうわけがなく、結局僕は滝来の車で東京駅まで送ってもらうこととなってしまった。

「名古屋での生活はいかがですか？」

「ようやく慣れてきました」

「それはよかった」

車中で滝来は、相変わらず如才なく、僕が気詰まりにならないよう、あれこれと話題を振ってきた。が、彼が何かを僕に伝えたいと思っていることは、ハンドルを握るその横顔が物語っていた。

彼は何を言おうとしているのか——なんとなく嫌な予感はするものの、こちらから切り出すことができずにいた僕に、

「そういえば」

と、ようやく滝来が、今思いついたかのような自然さで話を振ってくる。

「ボスの——桐生さんのご出張ですが、もしかしたら三週間より日数が延びるかもしれません」

「え？」

聞いてない、と思わず彼を見た僕をちらと見やり、滝来が、おそらく彼はこれを伝えたくて僕を送ると言ってきたのだろうと思しき言葉を口にする。

「彼はこのまま、米国勤務となるかもしれません。かなりの高確率で」

「…………っ」

まさに青天の霹靂《へきれき》、と絶句した僕の脳裏にはそのとき、『愛してる』と声に出さずに告げてくれた桐生の笑顔が蘇っていた。

あとがき

はじめまして&こんにちは。愁堂れなです。

このたびは三十冊目(!)のルチル文庫となりました『sonata　奏鳴曲』をお手に取ってくださり本当にどうもありがとうございました。

unison シリーズも早九冊目となりました。これもいつも応援してくださる皆様のおかげです。

名古屋と東京の遠距離恋愛となった二人に桐生の過去が影をさす、といった展開となりましたがいかがでしたでしょうか。

皆様に少しでも楽しんでいただけましたらこれほど嬉しいことはありません。

イラストの水名瀬雅良先生、今回も本当に素敵な二人をどうもありがとうございました!

主役二人はもちろんのこと、大人の男、小山内部長にめろめろになってます。部長、かっこいい!!

お忙しい中、素晴らしいイラストを本当にどうもありがとうございました。

私事ですが、カバー折り返しコメントを拝見し、私も! 私もポスターとフィギュア、部屋に飾ってます!!　と思わず叫んでしまいました（笑）。

次作もどうぞよろしくお願い申しあげます。

担当のO様にも、今回も大変お世話になりました。

『○○曲』、だんだんネタが尽きてきた中、アドバイスをどうもありがとうございます。これからも頑張りますので何卒よろしくお願い申しあげます。

最後に何よりこの本をお手に取ってくださいました皆様に御礼申し上げます。

九冊目の unison シリーズ、いかがでしたでしょうか。だんだんと成長してきた長瀬と桐生を温かく見守っていただけると嬉しいです。

よろしかったらお読みになられたご感想をお聞かせくださいませ。心よりお待ちしています。

次のルチル文庫様でのお仕事は、来月罪シリーズの新刊『罪な片恋』をご発行いただける予定です。

東高円寺のアパートから神楽坂の官舎に引っ越し、新生活が始まった二人に、新展開が……？

二人だけじゃなく、トミーこと富岡にも新展開が……？　というお話となりました。

こちらもよろしかったらどうぞお手に取ってみてくださいね。

四月から始まっております『愁堂れな連続刊行フェア』へのご応募もどうぞよろしくお願

い申し上げます。
また皆様にお目にかかれますことを、切にお祈りしています。

平成二十三年十一月吉日

愁堂れな

（公式サイト「シャインズ」http://www.r-shuhdoh.com/）

✦初出　sonata 奏鳴曲……………書き下ろし

愁堂れな先生、水名瀬雅良先生へのお便り、本作品に関するご意見、ご感想などは
〒151-0051 東京都渋谷区千駄ヶ谷 4-9-7
幻冬舎コミックス　ルチル文庫「sonata 奏鳴曲」係まで。

幻冬舎ルチル文庫

sonata《ソナタ》 奏鳴曲

2011年12月20日　第1刷発行

✦著者　愁堂れな　しゅうどう れな

✦発行人　伊藤嘉彦

✦発行元　株式会社 幻冬舎コミックス
〒151-0051 東京都渋谷区千駄ヶ谷 4-9-7
電話 03(5411)6432［編集］

✦発売元　株式会社 幻冬舎
〒151-0051 東京都渋谷区千駄ヶ谷 4-9-7
電話 03(5411)6222［営業］
振替 00120-8-767643

✦印刷・製本所　中央精版印刷株式会社

✦検印廃止

ISBN978-4-344-82395-2　C0193　Printed in Japan

幻冬舎ルチル文庫

大好評発売中

私立探偵・佐藤大牙は凄腕の殺し屋・華門饒に抱かれているが、その関係は曖昧なまま。警察時代からの友人・鹿園の兄の妻から夫の浮気調査の依頼を受け、ホテルへ向かう。その浮気相手の美女は女装の香港マフィア・林輝だった。驚く大牙へ林から、華門が林のもとに戻らなければ、大牙の周りの人間を殺すと電話が。大牙は華門を呼び出し……!?
イラスト
奈良千春
560円(本体価格533円)
［昼下がりのスナイパー 危険な遊戯］
愁堂れな

発行●幻冬舎コミックス　発売●幻冬舎